岩崎京子
Iwasaki Kyoko

街道茶屋百年ばなし

子育てまんじゅう

石風社

街道茶屋百年ばなし　子育てまんじゅう　◉もくじ

紺屋のなべきょうだい

「いい正月だった。松もあしたはとれるけんど、そのあいだ一日《いちんち》も降んなかったじゃねえか。なあ、太市《たいち》。」

少し小ぶりだが、はしこそうなのが、ずんぐりしたのろまそうに見えるのをふり返った。大柄のほうは「うん」と返事をしたのだが、口の中でいっただけで、相手には聞こえなかったようだ。

「太市、おめえ、おらならいいぜ。返事しなくってもよ。でも家じゃちゃんとはっきりしたほうがいいぜ。おやじは焦《じ》れて怒り出すからな。」

「うう……。」

とうとう、小柄なほうは笑い出した。

「おめえ、ちっとも変わんねえな。来たときからよ。」

細い小柄なほうは、鶴見の紺屋《こうや》、幸次郎《こうじろう》の倅《せがれ》の真吉《しんきち》、ずんぐりしている大柄のほうは、紺屋《こうや》のもらいっ子の太市、ともに十五歳であった。

たとえ実子《じっし》がいたとしても、もらいっ子をして一緒に育て、家の仕事を仕込む習慣が鶴見の辺にあった。鶴見というより、生麦《なまむぎ》南町の浜の漁師の間で行なわれたのがはじまりであった。浜では、三人も四人ももらいっ子してた家があったようだ。実子ともらいっ子は〈なべきょうだい〉といった。

もらいっ子について書いてある本などを見ると、もらいっ子の待遇は実子とまったく同じで、同じ額の小遣《こづか》いをもらい、稲荷講《いなりこう》とか村祭りなんか、いっしょに出してもらえたとあった。

この制度は、丁稚《でっち》としての奉公と違ったから、出す親の側でもいくらか気休めになったろう。しかし、だいたいが口入れ屋を通して連れてこられたというから、何がしかの金は親にもいったろう。その何割かは口入れ屋がはねたに違いない。もらいっ子は二十《はたち》になると、故《こ》郷《きょう》に帰ってもよかったし、そのまま残ってもよかったというから、年季奉公には変わらなかったと思う。

鶴見の紺屋に太市がやってきたのは、八歳のときであった。家は千葉の東金《とうがね》の農家であった。

紺屋には広い土間があって、水が三荷《さんか》（一荷は天秤棒《てんびんぼう》の両方にかけて、ひとりが運べる量をいう）は入る藍甕《あいがめ》が四十八個埋《い》けてあった。

東金にだって、紺屋はあった。太市は紺屋の土間に藍甕が並んでいたのを見たことはあった。しかしいざ自分が紺屋の土間に立つとなると、甕《かめ》に落っこちそうで、八歳の太市は足がすくみ、はって歩いた。実際ぐずの太市は何度も甕に落っこち、青く染まったことがあった。

それに藍《あい》の一種独特の匂いは、慣れるまでは鼻についた。もっと辛《つら》いことは、川に、はぎ(脛《すね》)まで入っていって、糸を濯《すす》ぐことであった。

村の連中の持ってくる、繰《く》ったばかりの糸はあぶらっ気《け》があるし、埃《ほこり》やごみがついているし、そのまま藍甕に入れても染まらなかった。

サイカチの実といっしょに釜に入れて、煮て、あぶらを抜いたり、木灰《きばい》の上澄《うわず》みであくを取ったりしたあと、川に持っていって濯ぐ。

それも夏ならいい。冬場は手も足もたちまち紫色になってしびれてきた。いっそしびれてしまってからは、覚悟ができて、そう辛くなくなる。最初、水に片足下ろした瞬間のずんと頭のてっぺんに抜ける痛みといおうか、冷たさが、紺屋の小僧泣かせであった。

幸次郎は太市ばかりにこの嫌な仕事をさせず、実子の真吉にもさせた。同じようにさせることが、もらいっ子の決まりだし、実子の躾《しつけ》だと思ったからであった。

一桛《ひとかせ》濯ぐつもりで取った糸が、二桛つながっていて、流すこともあった。そういうとき、真吉はすぐ泣き声を出した。

「あっ、太市、とってくれえ。流れてくよう。」

「うん。」

太市はあわてて手を伸ばすが、もともとぐずでのろまだから、思うように体がさばけなかった。すると泣いていたはずの真吉が、ざぶざぶ行って、だいぶ下流の木切れかなんかに引っかかってるのを取ってきた。

ぐずの太市は、幸次郎の癇《かん》にさわるらしく、しょっちゅう怒られたが、そのたびに庇《かば》ってくれるのが真吉であった。太市が故郷《ふるさと》恋しさに逃げ出さなかったのも、真吉がいたからであった。


ふたりは親方の名代《みょうだい》で、紺屋の神様、愛染様《あいぜんさま》に行きお札《ふだ》を受けての帰りであった。穏やかな日和《ひより》といっても、夕方になると風が出て冷たかった。鶴見橋を渡るとき、下の水は少しふくれていて、海の匂いがした。潮が満ちてきたらしい。

「急ごうぜ、太市。」

「ああ、親方が待っていなさる。」

返事はいいのだが、太市はいっこうに歩調が変わらない。足が前に出ないのだ。

「頭が前に出て、つんのめりそうだぜ。まるで赤ん坊みてえだ。」

笑い出した真吉が前を見たとき、「おやっ」と目を凝《こ》らした。向こうから橋を渡ってきた娘があったからだ。真吉は声をかけた。

「いや、よくあがりましたねえ。それにあんたが着ると縞《しま》が活《い》きるよ。」

娘は何をいわれたのか、わからなかったらしい。小さいのと大きいのとふたり、前に立ちはだかったので、気味が悪そうにした。

「川崎の溝《みぞ》の口《くち》村の……、ええと、紀伊国屋《きのくにや》さんでしょう。」

薄暮《はくぼ》の中を真吉はのぞきこむようにした。

「人ちがいだよ。」

娘はつんとした。こんどは真吉のほうが怪訝《けげん》な顔をする番であった。

「あれ、おい、太市、な。この縞柄《しまがら》おぼえてねえか。溝の口の紀伊国屋さんの……、おいらとおめえで糸をとどけたじゃねえか。」

「そ、そうだったかね。」

「しっかりしなよ、太市。多摩川に沿ってる川魚料理の紀伊国屋さんだよ。」

「あたいは川崎のもんじゃないよ。寺尾のもんだよ。人ちがいしてるんだよ、おまえたち。」

ふたりが顔を見合わせているうちに、娘はさっさと行ってしまった。

真吉はうちへ帰ると、縞帳《しまちょう》を繰《く》ってみた。

「やっぱりそうだ。あの柄は紀伊国屋さんにおさめた品物だ。ほら、見なよ、太市。」

縞帳というのは、縞布《ぬの》を一寸（約三センチメートル）角くらいに切って貼ってある帳面で、どこの家にもあった。使い古しの暦《こよみ》とか、手習いの草紙《そうし》などに、その家代々の女たちの織ったものを貼りつけて、柄《がら》の参考にしたのである。

紺屋のは商売用だけに、よそのものよりぐんと大きく厚かった。手習い草紙の二つ折りなんていうのではなく、たとえ反故紙《ほごし》でも、しょうふ糊《のり》で幾枚も重ねた厚板で、貼ってある縞柄も豊富であった。

親方の幸次郎は出先で気に入った柄に出合うと、ついて歩いて、家を突き止め、端布《はぎれ》をもらってきて、貼りつけたり、あるいは川の中で濯ぎをしているときなど、足の下の石の縞模様からも縞割《しまわり》を考えたりした。

こうやって集めただけに、〈紺屋の縞帳〉といえば、鶴見の女たちは、それを繰りながら、織る柄を決めたり、染めの注文を出すのが楽しみの一つになっていた。その相談に乗るのが、幸次郎には楽しかったらしい。そこのところが、倅の真吉にも遺伝したといえそうだが。

当時は身分制度がはっきりしていて、着るものまで制限があった。村方《むらかた》の着るのは木綿もので、色も紺《こん》色だけであった。だからその範囲で、村の女たちは工夫を凝らすのであった。

それが村の女たちのレジスタンスかもしれなかったが、むしろいじらしいくらい、色にしても、ねずみや茶、白、浅葱《あさぎ》など地味だった。縞目にしても、一目おきとか、二目一目など目が痛くなるくらい細かいもので、遠目には紺一色に見えた。

それが少し時代が下《くだ》ると、つまり後ろの頁になると、幸次郎の縞帳に新しい色合いが貼られるようになった。

紺ばかりでなく、ベンガラ（インドのベンガルに産した、主成分は酸化第二鉄）で染めた赤黄色を基調にした柄であった。流行は江戸からで、これにねずみや紺を配《はい》すると、垢抜《あかぬ》けた、粋《いき》な縞柄になった。

オランダ人が持ってきたインド辺りの縞で、さんとめ（セイント・トーマスの略、つまりそこからきた縞織物）、カピタン縞（長崎出島の商館長が四年に一度江戸にきて幕府に献じた織物）など、目の肥《こ》えた、好みの難しい、そのくせ新しもん好きの江戸っ子たちの心をとらえたのであろう。

溝の口村の紀伊国屋の娘の注文もそれであった。

あのときもおとっつあんは、小豆と米粒と黒豆を板の上に並べて、縞を考えていた。真吉はそばにいて、それを見ていたから、何で忘れよう。

「いかがですかい。あずきを紅《べん》がらにして、まあ八本並べやす。そいから白一本、へえ、この米つぶの列がそいつで、それからここに紺が二本、黒豆をこうおいて……と。また白が一本きやす。こいつは粋でござんすよ。」

「紅がら八本？　派手じゃないこと。」

「いやあ、こんくらい着ていただきてえ。」

「だいたい紅がらってけばけばしいでしょ。野暮《やぼ》よ。」

「じゃ、ねずみの縞をいれましょう。」

紀伊国屋の娘は斬新な異国情緒の柄にも興味はあるし、伊達《だて》を飾って朋輩《ほうばい》たちの目をむかせたいし、さりとて冒険は恐いしで、初めは煮え切らなかった。

結局は糸も内緒《ないしょ》で染めさせ、内緒で自分で織り、夕方は機《はた》部屋に鍵をかけて、誰にも見せなかった。しかし織りあがってみると、きりっと冴《さ》えた粋な縞になった。

そんないきさつの縞柄だから、真吉が見間違うはずはなかった。

「そういや、さっきの娘は、紀伊国屋とは似てなかったかもしんねえ。こうっと、受けあごでよ。細おもてで、少々きつそうだった。なあ、太市、おめえどう思う。」

「おら、わかんねえ。薄暗かったもん。」

「そうだよな、昼だったらまちがうこっちゃねえ。でもよ、あの縞柄はたしかだよ、な、太市。」

「…………」

「おとっつぁんの縞帳から柄ぬすんで織ったんだろうか、あいつ。いや、そんなはずねぇよな、太市。紀伊国屋さんから端布もらってきて、おとっつぁんがここに貼ったのは暮れだったもん。そうだろう、太市。」

「ああ。」

「よし、いちど紀伊国屋をのぞいてみよう、な、太市。」

「………」

真吉はそういってはみたものの、なかなかそんな暇はないまま、日が過ぎていった。


鶴見村の染物は、幸次郎のところで一手に引き受けていた。最近はよその村からの頼まれものもぽつぽつあり、溝の口村の紀伊国屋というのも、最近できたお得意であった。

紺屋というものはまことに忙しく、鶴見辺でも、どうかすると日に十反《たん》分の糸を染めなくてはならなかった。それを、ようやくこのところ仕事を覚えた真吉と太市と三人でやるわけだが、どんなに一所懸命やっても、期日までにさばき切れないこともあった。

世間《せけん》には〈紺屋のあさって〉ということわざがあったが、鶴見の場合、それにもう一つ、〈幸次郎のしあさって〉と続いた。

紺屋はお天気商売で、晴れてて、日のあるうちに乾いてくれればいいが、雨だと順送りに遅れることになった。他に不人気の原因として、こういうこともあった。

染め賃のことだが、通《かよ》い帳につけておいて盆暮れに勘定《かんじょう》することになっていた。幸次郎はうっかりしてたのか、わざとなのか、盆に済んでる勘定を、暮れにまたもらいに行ったりするので、つい信用をなくすのであった。

もう一つは、地縞《じしま》や仕事着の紺糸ばかり染めている村の紺屋に過ぎない幸次郎であったが、職人というより、商人だったのではなかろうか。江戸に近いせいか、その刺激もあったように思う。縞帳に凝るのもそれで、幸次郎は商売熱心のあまり、女の人、というより、着ている縞柄にくっついて回り、気味悪がられてることすら気づかない。息子の真吉もどうやらその血を受けているようであった。

四十八個並んでいる土間の藍甕は、い、ろ、は、にで一組、ほ、へ、と、ちで一組というように、四個ずつ同じ濃さの藍が入っていた。

埃除《ほこりよ》けのふた（親方は菅笠《すげがさ》をふた代わりにかぶせていたが……）を取ると、表面には藍花《あいばな》といって、泡の山が盛りあがっていた。

親方は甕のふちにはいつくばって、犬のように藍をぺちゃぺちゃなめた。元気な藍は舌を刺すような、ぴりっとした刺激があるが、それがなければ藍が弱っているときであった。そういうとき、親方は水飴《みずあめ》を入れてやった。

「うちの藍は下戸《げこ》でねえ、よそさんには酒をほしがる藍もあるってえがね。いいか、紺屋は藍で今日《こんにち》さまをすごさせていただいてるんだ。藍を大事に育てるのが紺屋ってもんだ。風邪ひかしたりしたんじゃ申しわけねえ。」

「おら、なめなくってもよ。藍の顔色だけでわかるよ。」

「ほう、真吉、おめえ藍のきげんが顔色だけでわかるようになったか。藍がわかるようになりゃ、染めたりすすいだりの職人で終わらねえですむ。」

親方はちらっと太市のほうを見ていった。太市には藍を立てようとか育てようとか考えたこともなさそうに見えたから。親の欲目《よくめ》で真吉が職人でなく、それを使う紺屋の主《あるじ》としての器量を持ってそうなことに満足した。


紺屋の朝は早かった。まだ暗い夜明け前に起きて、染め出すのであった。そうすれば昼前には染めあげ、干しあげ、その日のうちに乾いた。

藍は寒染《かんぞ》めといって、冬場のほうがきりっと染まる。それも風の収まった、空気の動かない夜明けごろが、藍ののりがよかった。

藍甕の中に白い繰り糸を、二本の竹の棒であやつりながら染めるのだが、糸は茶褐色になって、ぽたぽた滴《しずく》を垂らしながら、あがってくる。

甕の淵に一本の棒を掛けて、足で押さえ、もう一本をきりきりと巻いて糸をしぼる。藍が美しいのはこのときだ。ようやく朝日がのぼり、窓からさっと射してくる光に透《す》けて、見るみる色を変え、青く染まっていくのであった。

藍を立てたり、育てたりは器用な真吉でも、染めとなると太市にはかなわない。小柄な真吉が藍甕をまたいで、二の腕まで青くして染めているのは、見ていても難儀そうであった。その点太市は楽々染めているように見えた。太市がしぼると、最後のところで糸がきゅっと鳴き、最後の水気もじわっと出、ぱらっとほぐすと、空気に触れたところから青く変わっていった。

その糸は甕の横の土間に叩きつける。これは藍を糸の中までしみこませて、染め斑《むら》をなくすためであった。これだって太市のほうが軽くやってのけていた。

浸《つ》けては出して、叩きつけ、また浸けては出し、叩きつけ……。

「いいか、はなはうすい青、次のが水浅葱、それから浅葱、濃い浅葱、納戸《なんど》、下紺《したこん》、中紺《なかこん》、上紺《うわこん》と、これが甕まわり八回の染めで、藍ってなあ、こんだけの手順をふむもんだ。」

親方は紺屋談義をしたあと、つけ加えた。

「でもよう、どうせ村方の地縞なんてえのは、濃く染まってりゃいい粗《あら》い仕事だ。太市向きだ。」

「そらぁねえよ、おとっつぁん、太市の染めにはおらはかなわねえもん。おら、どんなにがんばっても太市ほどにあがらねえ。力が足りねえんだ。」

「なあに、染めは馬鹿にでもできら。」

「あれ、現《げん》に村のかみさんの中で、太市に染めてほしいっていってる連中があるの知ってるじゃないか。」

親方が何だかんだいうと、真吉はむきになって太市を庇うのであった。親子が自分のことでいい合っているのを、聞いているのかいないのか、太市は黙って染めていた。ときどき覚えの控えを確かめながら。

絞り嶋《じま》（かすり）
百四本
二わ六かな　皆紺《みなこん》
内六かな　浅黄《あさぎ》に成《なり》
（かなは四すじのたて糸を一本にしたもの）

七十二本
一わ八かな　一寸に絞り（くくり）
百四十四本
二わ六かな　三寸目に絞り

↓あさぎ

染めは昼前に終わった。

「な、太市、すまねえが、ひとりで干しててくんねえか。おら、ちょっと行ってくら。」

「あれ、どこへ行くのさ、真吉さん。」

「しいっ、大声出すなって。きょう一日分の仕事は終えたんだから、おやじに文句いわせねえけんどよ。」

「…………」

「なあに、すぐ帰《けえ》ってくるよ。溝の口だよ。ひとっ走りさ。たのんだぞ。」

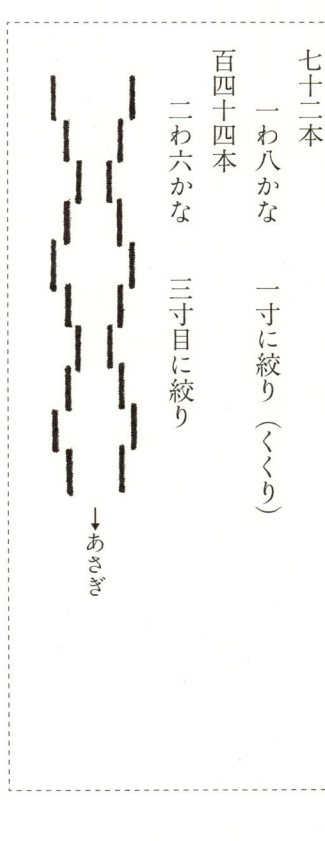

「真吉さん、おいらこまるよう。」

「なあに、心配《しんぺえ》ねえって。『さっき、いっしょに干してたんですが、あれ……』っていいやあいい。な、太市。」

「……………」

太市は糸を干しながら、どうしよう、どうしようと思った。親方から「真吉は」と聞かれたとき、うまくごまかせないのが、今からわかっていたからだ。

「あれっ、さっきいっしょに干してたんですが。」

と何回も口の中で稽古《けいこ》してみたが、親方ににらまれたら、その短い台詞《せりふ》さえ、つっかえそうだ。


真吉は大通りを一目散《いちもくさん》に駆け出した。残した太市のことも気になったが、それより例の紅がら縞のほうがもっと気になった。一気に駆け通《どお》し、市場《いちば》村の一里榎《いちりえのき》のところに来てから、やっとふつうの歩調になった。

ふと、指の間にしみこんで抜けない藍が気になって、仕事着にこすりつけた。紺屋の倅だと看板さげて歩いてるみてえじゃねえかと、嫌だったのだ。人とすれ違うとき、手を後ろに隠すようにした。

「どうしても紀伊国屋をのぞいてみよう。何かあるんだ。」

それからまた一気に川崎までの八丁畷《はっちょうなわて》を駆け抜けた。そのくせ、いざ紀伊国屋の裏口に立った真吉は、すぐには入っていけなかった。いざとなると、何と切り出していいのかわからなかったからだ。

「あれっ、鶴見の……、いやだよ、紺屋のじゃないか。いま時分《じぶん》、どうして？　何か用だったのかね。」

井戸で洗いものをしていた顔見知りの女中が立ちあがった。

「へえ、ちっとこの先にね。いま帰《けえ》りなんだが……」

真吉はまず格好をつけた。

「そうそう、教《おせ》えてくんねえか。ほらよ、お嬢さんが暮れに紅がら縞を織ったろう。あいつはまだお嬢さん持っていなさるかね。」

女中は前掛けで手を拭きながら、「それがね、おまえ」と、少し小声でいった。

「暮れに盗《ぬす》っ人《と》がはいったんだよ。おかみさんやお嬢さんのたんすをさらっていったのさ。紅がら縞どこじゃないよ。紬《つむぎ》も縮緬《ちりめん》もだよ。」

「なんだって。」

真吉は絶句した。何かあるとは思っていたが、まさか紅がら縞が盗まれ、それをあの娘、確か寺尾村のもんといったなあ……は、しゃあしゃあと着てやがった。

「実は、おいら、その紅がら縞を見たもんだから……」

といったことから、紀伊国屋じゅう大騒ぎになった。

「まさか寺尾辺のむすめごが不埒《ふらち》をはたらくたあ思えねえ。真吉、めったなことといってはならねえ。」

旦那はいったけど、真吉はいきり立っていた。おらの目は正しかったんだという思いがあったからだ。

もう一つは、娘はそっと小声でいった。

「どんな人が着てた？　どうしてもとりかえしてね。女は着物がいのちなの。」

娘の鼻にかかった甘え声が、真吉をけしかけたようだ。

「へえ、おら、寺尾じゅうさがして、乗りこんで。」

「真吉、その乗りこむってのがおだやかでねえ。やめないか。」

「へえ、でもとにかく寺尾に行ってみやす、おいら紺屋だ。縞帳に貼る縞柄の端布をいただきてえっていやあ、文句ねえでしょう。」

「着物はまたこさえられる。盗っ人の詮議《せんぎ》より、真吉にはまた糸を染めてもらやいいんだ。わかったな。」

紀伊国屋の主人はおかみさんや娘をふり返っていった。でも、真吉はどうしても確かめずにはいられなかった。寺尾へ行って黒白《こくびゃく》つけて来てやると、思った。

帰ってみると、太市は川であした染める糸を濯いでいた。

「太市、すまねえ。でもよう、聞いておどろくな。やっぱりあの紅がら縞な、紀伊国屋んだった。盗っ人が入《へえ》って、とられたんだとよ。」

「へえ。」

「おいら、どうしても寺尾村に行って、あの娘つきとめてくんけど、行ってもいいかい、太市、おめえそれひとりで洗ってくれっか?」

「ああ、洗うくれえなんでもねえけんど。」

「すまねえな、太市。どうでえ、おやじのやつ、おいらのことなんかいったか。」

「うん。」

太市は親方から「てめえがぼんやりしてっから逃げられるんだ。しっかりしろい。番犬の役にも立たねえ」と、さんざん毒づかれたのだった。

「なあに、おやじのは口ぐせなんだ。気にすんなよ。なあ、太市。ものにはついでってことがあらあ。もう一丁《ちょう》たのむわ。おめえ、うまくごまかしてくんねえ。」

「そいつがおらできねえんだよう。こまるよ。」

太市が腰を伸ばしたときは、もう真吉はいなかった。


紅がら縞を着てたのは、寺尾の油屋の娘とわかった。真吉は村の入り口で出会った話し好きそうな農婦に聞いてみたのだ。

「おら紺屋のもんだが、縞割を聞きてえと思って……」

というと、すぐわかった。紅がら縞は目立つからであった。

「水車まわして菜種《なたね》しぼる家だよ。」

教わった通り行くと、細い流れに出た。するとそこでちょうどその上流に祀《まつ》った水神様《すいじん》にお供えものをしに行った帰りの娘に出会った。

きょうは肩あてのついた野良着《のらぎ》であったが、少し受けあごのきつい目は間違いなかった。

突然なので娘は少しぎょっとしたようだ。真吉もひるんだが、勇気を出していった。

「このあいだの夕刻、人違いしやして申しわけござんせん。ひと言わびてえと……」

すると娘はうさん臭《くさ》そうな顔をしたが、真吉は構わず続けた。

「おいら、紺屋のもんで、紅がら縞の柄ゆきにつられて、またここまで出向いて来やした。」

「つけてきたんだね。大きな声出すよ。」

「待っておくんなせえ。実はその紅がら縞の端布をすこしいただきてえんで。うちの縞帳に貼り、お得意さまのご用に足そうと……」

「やんないよ。変なこといってると、若いもんけしかけるよっ。」

娘は目を吊りあげた。勝ち気な性分らしかった。本当に大きな声を出しかねない。しかし真吉は必死で食い下がった。

「紅がらと紺とねずみの柄ゆきでしたっけ。おねげえだ。端布ちびっとわけておくんなせえ。」

「しつこいね、おまえも。ないよ。」

「ないとは?」

「端布なんかないっていってるのさ。」

「だから、どうしてねえんで?」

「いいかげんにしておくれよ。いつもの背負《しょ》い呉服が仕立てたのを持って来たんだってば。」

「背負い呉服?」

真吉はあっと思った。読めた。盗っ人はこんなところでさばいていたんだ。

「うるさいねえ、帰っておくれ。ほんとに人をよぶよ。若い衆《しゅ》が水車小屋で働いているからね。」

真吉はこれ以上押せないと思った。紅がら縞が紀伊国屋から盗まれたもんだといったら、ひどい目に会いそうだった。

「そこまでつきとめりゃ大したもんだ真吉さん。」

太市は感心したような声を出した。

「そうかい。おいら、そこから先押せなかったんで、やんなってたんだ。でもよ、いつもくる背負い呉服っていったぞ。それでもう足がついたようなもんだな、そうだろ、太市。」

「うん。」

「よーし、おいら張っててやらあ。どうしてもつかめえてやる。」

「背負い呉服の来る日はわかってんのかね、真吉さん。それに寺尾への入《はい》り口ってのは一つかね。」

「ふーむ。」

真吉は黙ってしまった。しばらくすると太市はぼそぼそいい出した。

「な、真吉さん、紀伊国屋さんでは自分が精魂《せいこん》こめて織ったきもんだもん、執着《しゅうじゃく》があんだろうねえ。」

「あたりめえだろ。太市。」

「寺尾の油屋の娘はどうだろう。たぶん高いおあしを出して買ったもんだと思うよ。うれしがって着て歩いてたもの。おらあ、そいつをとりあげるのは気の毒な気がする。」

「なんだって、太市。盗っ人をほっとけっていうのけえ？」

「そうはいわねえけんど……。紀伊国屋さんはなんぼでも、また糸染めてあつらえられそうだと思ったもんでよ。」

「うーん。」

また真吉は考えこんでしまった。太市のいうことは当たってるかもしんねえという気がした。水車小屋の娘が、しゃにむに追い返そうとしたのは、あの紅がら縞を取りあげられそうな不安があったからではなかったろうか。

結局、盗っ人はあげられた。担ぎ呉服屋は江戸の古手屋《ふるてや》から仕入れて、売って歩いたもので、盗品とは知らなかったようだ。紺屋の縞帳が盗っ人を捕《つか》まえたというのが今でも語り草になっている。

ちゃわん屋の手代

天下の表街道に沿っていただけに、いろんな旅人を数見ていたから、鶴見の人たちは滅多なことでは驚かなくなっていた。しかし芦屋《あしや》の茶碗売りが、立場茶屋《たてばぢゃや》の「しがらき」に現れたときにはびっくりした。

「芦屋ってえのは、筑前（福岡）だって？　箱根より向こうかい。」

「じょうだんじゃねえ。上方《かみがた》よりずっと先だ。」

「へーえ。」

鶴見の人たちは、さすがに箱根の向こうには化け物が住んでいるなんていわなかったが、九州筑前くんだりから茶碗船を仕立てて、皿、小鉢を売りに来る人たちのいるのにはむしろ呆《あき》れたようだ。

旅商人《たびあきんど》は、関屋清次郎《せきやせいじろう》と名乗った。芦屋の焼きもの商仲間の筆頭《ひっとう》ということであった。亀吉という名の手代《てだい》、といっても十一、二歳の少年だったが……が、粗《あら》い目籠《めかご》に焼きものを入れて、天秤《てんびん》で担がせられていた。

亀吉も小さいながら脚絆《きゃはん》に甲《こう》がけ、尻《しり》はしょりであったが、着つけや帯の締《し》め方、裾《すそ》を後ろで帯に挟むのまで、決まりがあるそうで、親方の清次郎と同じ形になっていて、これは愛《あい》嬌《きょう》になった。

茶碗も皿も、一つ一つ、藁《わら》四、五本を十文字にかけただけで、籠に詰めこまれているのだが、ひびわれ一つないのにも感心させられた。

荷をほどくのは亀吉の役だが、土間の隅《すみ》で大した場所も取らず、藁くず一本散らさぬ躾《しつけ》もされているらしかった。亀吉は後で掃く小箒《ぼうき》も、ちゃんと籠に用意していた。

何よりみんなが目を見張ったのは、〈伊万里焼《いまりやき》〉の美しさであった。それまで食器といえば、木をくり抜いた椀とか、雑で厚ぼったい、焼きの甘い瀬戸のものしかなかったのだから。

雪白の光るような肌は薄手で、清次郎が指で弾《はじ》くと、ちーんと涼しげに鳴った。形もすっきりと垢《あか》抜《ぬ》けており、端正《たんせい》で、品があった。

また、白玉の肌に染められた模様が美しかった。赤、緑、藍《あい》、藤色、紫、黄、といった絵の具で、花や鳥、獅子《しし》やうさぎ、唐子《からこ》（中国の子どもの遊んでいる図柄）などが描かれてあった。

そして必ず、金の線がところどころに入っていて、それが見る者を幻惑《げんわく》した。

亀吉が丁寧に藁をほぐして取り出すと、そのたびに周りから「ほうっ」と嘆声《たんせい》があがるのであった。

「おっ、この朝顔の絵皿の十枚組、十枚が十枚、おなじで寸分違わねえ。蔓《つる》のぐあいといい、花のひらき加減といい、みんなぴったりおなじに描かれてら、いくらひとりの絵師が描くといってもなあ。」

しがらきの主《あるじ》の弥市《やいち》は、亀吉が積み重ねた絵皿を手に取った。江戸・大坂（大阪）で朝顔の栽培が大はやりのころであった。特にこの図柄をそろえてきた清次郎は、自分の思惑が当たったとほくほくした。

「ひょうたんば焼いちから、墨をつくっち、そりで雁皮紙《がんぴし》に下絵ば描きますったい。そりば素焼《すや》きん皿にのせち、椿《つばき》ん葉でこすっと、うっすらうつりますけん、十枚が十枚、寸分ちがわん理屈でっしょう。」

聞いてみればなるほどと思うが、かえって有田の陶工《とうこう》たちの工夫がわかり、技もすぐれているように思えた。

伊万里錦手《にしきで》といっても、旅商人《あきんど》の持ってくるものは、香炉《こうろ》だとか、水指し、花立てなど大名や金持ち向けの贅沢《ぜいたく》なものではなかった。皿、小鉢に茶碗、徳利《とっくり》など、庶民の日用品であった。

焼きものはどのくらいしていたのであろうか。しがらきでの商売はわからないが、同じ日、清次郎は隣の村の名主《なぬし》、関口家にも立ち寄って、買ってもらっていた。その折の日記があり、そこには値段も書いてある。

文化十一（一八一四）年七月二十二日
昨廿一《さくにじゅういち》日夜
一、拾《じゅう》 匁《もんめ》 五分　　皿拾人前
二、三匁五分《ぶ》　　丼《どんぶり》 壱《ひと》ツ
右二品代払
一、金壱《いち》分也
釣《つり》百拾六文《もん》取
筑前《ちくぜん》遠賀《おんが》郡《ごおり》芦屋《あしや》町関屋《せきや》清次郎《せいじろう》方《かた》江《え》払《はらい》 候《そうろう》

江戸時代の金勘定《かんじょう》はややこしい。この日記を見ただけでも、勘定の請求は銀貨の値段であるが、それを金貨（一分）で払って、お釣りは銭（文）で取っている。当時の人はこのややこしい換算をしごく当然な常識としてわきまえていたらしい。これが今のお金にしてどのくらいなのだろうか。米一升（一・五キログラム）七、八十文の時代だから、銀三匁五分の丼《どんぶり》は、やはり下級の農民には手が出なかったろう。

さすがに鶴見一の身代《しんだい》のしがらき辺りは、商売用ということもあったろうが、かなり大量に買ったらしい。『鶴見興隆誌《こうりゅうし》』によるとしがらきの井戸の周りには焼きもののかけらが、山をなし、それがまた評判を呼んだというから。

「しがらきの床几《しょうぎ》にこしをかけちゃわん

故郷にかえる錦手の山」

しかし、面倒な苦労の多そうな担ぎ商いより、いっそ京・大坂・江戸の大きなお店《たな》に卸《おろ》したほうが楽なのではなかったろうか。

それとも彼らにしてみれば、都会は生きた馬の目さえ抜く、恐いところだったかもしれない。ごっそり口銭《こうせん》を取られたり、いいように騙《だま》されて、品物を取りあげられ、悔し涙を出すこともあったろう。例えば、江戸神田今川橋の問屋を相手にもめ事を起こし、というのは代金を払ってもらえないで、福岡藩に訴えた同業者もあった。

自分で売って歩けば、中間で利を取られないし、もう一つは、越中《えっちゅう》富山の薬売りとか越前《えちぜん》（福井県）の鎌売りと同様、筑前の茶碗屋もまた日本全国、行かないところはなかったらしいが、村むらでは待っていたことも想像できる。商売ばかりでなく、文化の先駆者としての使命感もあったかもしれない。

関屋清次郎ら、茶碗船の一行《いっこう》は、それから毎年、春から夏にかけてやって来るようになった。つまり日本では、五月ごろから八月にかけて西南風が吹く、それを利用してやって来るのであった。

文化十二（一八一五）年八月朔《ついたち》

一、二百文　香物鉢《こうものはち》井　関屋清次郎江代遺《えだいのこ》シ申候《もうしそうろう》

文化十三（一八一六）年四月二十六日

筑前遠賀郡芦屋町ちゃわん屋関屋清次郎来ル、小皿拾人前誂《あつらえ》ル

（『関口日記』より）

「芦屋ってえのはどんなとこかね。」

「へえ、玄界灘《げんかいなだ》に面した、よか港町ですたい。遠賀川の川舟から、渡海《とかい》する千石船《せんごくぶね》まで、いってみりゃ船の巣たい。満潮《みちしお》には一丈《じょう》三尺（約三・九メートル）、干潮《ひきしお》でん八尺（約二・四メートル）は水深がありますもんね、千石積みでん沖懸《が》かりせんでよか。冬場はにしきた（西北風）が土砂ば吹きあげちから、洲口《すぐち》ばふさぐばって、出船入船《でぶねいりふね》底をはき立て、わざわざ港ざらいせんでんよか。」

芦屋千軒といわれるくらい町も賑《にぎ》わい、一番多いのは船頭《せんどう》町の船手衆《ふなてしゅう》であった。さすがに港町らしい。遠賀川の向こう岸、山鹿《やまが》町には倉が並び、そこには江戸行きの米が積みこまれていた。

関屋清次郎は市場《いちば》町といって、商家の並ぶところに住んでいた。先代の市郎左衛門《いちろざえもん》は俵屋《たわらや》といって、酒屋であったが、そもそもこの人が焼きもの船を仕立てて、交易に乗り出したのであった。関屋の屋号は清次郎からであった。

芦屋っ子といえば、さすがに玄海育ち、清次郎も生まれたとたんから、白馬《しろうま》の立つ大波だろうと笑って飛びこむほどだったというから、海商向きだったのだろう。

茶碗船は江戸はもちろん、津軽（青森）だろうと、松前（北海道）だろうと、そのころ法度《はっと》になっていた海の外、つまり抜け荷《に》にも出かけたらしい口ぶりであった。

「なあに、浜崎の波止めに立ちゃあ、波のあいだから朝鮮が見えるくらいですけん、むしろ大坂てろん、江戸てろんかたが遠かごたる。あちらん衆もよう来よりますたい。芦屋のもんが豪胆《ごうたん》ちいうのも、帰化人《きかじん》の血くらいまじっておっとじゃなかでしょうか。」

清次郎はまず伊万里に行って、焼きものを買いつけることからはじめた。

「陶磁器を伊万里焼ちいうのは、有田へんで焼いたもんば伊万里から積み出しますけん。芦屋から伊万里へは三日かかりますばって。行ってみんことには……」

とにかく清次郎は自分の目で一つ一つ吟味しなくては気が済まなかったようだ。

朝顔の絵皿がそのいい例だが、江戸もんにはこういう図柄が喜ばれそうだとか、大坂にはどれが出るか……。手頭《てがしら》（見本）で注文することもあったが、前金をはずんで、自分の考えた図案を焼いてもらうこともあった。

こうして買い集めたものを船に積みこんだ。清次郎の持ち船は、位徳丸《いとくまる》と天神丸《てんじんまる》、いずれも千石《せんごく》積みであった。他にも五百石積める弁才船《べんざいせん》もあったが、こっちは九州沿岸か、せいぜい瀬戸内海辺の島めぐりまで、近廻《まわ》り用であった。

さて今回江戸まで来た天神丸は清次郎の代に新造したもので、艫櫓《ともやぐら》の中にろくろが設けてあった。帆の上げ下げ、伝馬《てんま》、錨《いかり》、積み荷の揚げ降ろしにも重宝《ちょうほう》で、能率が良かった。形は他の和船《わせん》と変わらなかった。長さは八丈（約二十四メートル）、幅二丈四尺（約七・三メートル）、深さは八・八尺（約二・六メートル）で、底は平らであった。

帆柱は松明《たいまつ》柱といって、細い木を何本も束《たば》ねて、鉄のたがをはめたものであった。根本の径《さしわたし》は二尺五寸（約七十五センチメートル）で、高さは九丈（約二十七メートル）もあった。本当は一本の木をそのまま立てたいところなのだが、そんな太さで、高い木を探すのは容易ではない。あってもたぶん、法外な値段だろう。

帆はそれまで莚帆《むしろぼ》がふつうであったが、そのころから木綿を使い出した。帆木綿《ほもめん》といって、ごわごわした厚手のができたのは、それからまたずっと後のことで、文化文政ごろの帆は、薄い木綿を二枚、雑巾のように刺子《さしこ》にして、それをつないだものであった。三幅分を横にとじたのが帆の一反《たん》で、天神丸のは二十一反帆であった。

焼きものを積んだ天神丸は、伊万里を出ると玄海灘を陸地沿いに行き、下関から瀬戸内海を抜けた。大坂に着くと荷は積みかえられる。筑前からの船は、北浜の筑前橋の辺でもやうことに決まっていた。あるいは橋の名も筑前船に由来してるのかもしれない。

そして江戸行きの船はここから紀州灘、遠州灘《えんしゅうなだ》、豆州沖《ずしゅうおき》を通り、相模灘《さがみなだ》を通って、江戸に来て荷揚げされた。

伊万里で荷を送り出した清次郎は、いったん帰国すると、芦屋で通行手形をもらい、押切早船《おしきりはやぶね》という小型の船で、天神丸を追いかけた。

船の旅は、追風を受け、青だたみの上を滑るように行くときにはいうことはない。まさに順風満帆《じゅんぷうまんぱん》。これは物事が順調にいく最良の状態の形容に使われるくらいだ。この場合、大坂へは六、七日で着いた。

しかし、うまく行かないほうがふつうであった。風が思い通り吹くことはまずなかった。無風だったら風を待っていなくてはならなかった。逆風、横風でも同じこと。たとえ順風でも強い風だったら、帆柱は折れてしまう。突風だったら転覆であった。そんなこんなで一ケ月近くかかることもあった。これでは商いにはならない。第一、先に出した荷物のほうもどうなっているやら……、そっちも心配であった。

みんながいい景色だと眺める瀬戸内海だって、目に入らなかった。いらいらじりじり……、それよりはいっそと、船を捨てて、中国街道を大坂目ざして行くこともあった。

「おめえさんも船で来るのけ。」

弥市が亀吉に聞いた。

「海もあれることもあるだろう。おめえさん、船酔いしねえのけ。子ども衆ほど酔うっていうからね。」

「へえ、はじめての江戸くだりにはちっと。」

「そんなときはどうするだ。」

「自分のおしっこば飲みます。」

「なんだと、そ、そんなことで効《き》くのけ。」

「あんまし効きまっせん。ばってん子どもんおしっこは効くちいわして、船子衆《ふなごしゅう》ももらいに来ます。」

もっとも亀吉が船に乗るときは、かしきという、いわば水夫見習《みならい》に早変りするわけで、とても酔っていられないほど、用事をいいつけられるのであった。

「用？　どんな用事だ。」

「へえ、飯ば炊きますばい。旦那さん、潮水で飯ばたくとき、どぎゃんすっとか知っとんなさいますか。釜ん中に椀《わん》ばふせて、米ばしこみます。塩気は椀の中にあつまって、飯はいっちょん辛《から》くありまっせん。」

亀吉はにいっと笑った。丸い目が糸になり、鼻が上を向き、愛嬌《あいきょう》のある顔になった。相手はやっと、これは担がれたと気がついた。

「おめえ、ひょうきんなやつだな。かつぎ商いむきだぜ。」

さて、清次郎たち旅商人《あきんど》の一行が、船か歩きかで大坂に着くと、三十石船《こくぶね》に乗って伏見《ふしみ》に出、そこから東海道を東へと行くのであった。いくら急いでもせいぜい、一日に十里（約四十キロメートル）しか歩けなかった。

途中で小うるさい護摩《ごま》の蝿にたかられるし、雲助にはつきまとわれた。追い剥《は》ぎに出会うこともあった。そういうときの武器は、帯に挟んだ矢立《やた》てか、天秤棒《てんびんぼう》であった。

「亀さんや、おめえ、棒術《ぼうじゅつ》のこころえてえのはあんのかね。」

「そげなこつ、あるもんね。ガラ（三級の焼きもの）ばぶつけち、逃ぐる。」

明くる文化十四年には、茶碗船は五月に着いた。そのときの親方は清次郎ではなく、弟の忠次郎《ちゅうじろう》であった。

文化十四（一八一七）年五月二十八日
筑前茶碗屋関屋清次郎弟参り候ニ付左之品取置《とりおき》候《そうろう》、代《だい》追而《おって》払可申候《はらうべくもうしそうろう》
煮付肴中皿《につけさかなちゅうさら》　壱《いち》枚
茶呑茶碗《ちゃのみぢゃわん》　壱
角皿　壱枚
茶漬碗《ちゃづけわん》　弐《に》人前

同じく文化十四年七月十七日
関屋忠次郎払《ばらい》
中皿　壱《ひと》ツ　二匁五分
四角皿　壱ツ　一匁三分
茶漬碗　壱ツ　一五〇文
〃　〃　一一六文
湯呑《ゆのみ》茶碗　一二四文

（『関口日記』より）

しがらきでは、「へえ、もう夏の風が吹きはじめたのかい」と、茶碗屋の一行を家内《かない》総出で出迎えた。

しがらきでは昨年、錦手のふたものを仕入れ、それに梅干や紅生姜《べにしょうが》を入れて、店に出したところ、それが大当たりを取った。梅干や紅生姜は、いってみれば下賤《げせん》の食べもの、それを大名の膳にでも出そうな豪華《ごうか》な錦手に入れたところが受けたのであった。そこで今年も……と、茶碗船の入来《にゅうらい》を待っていたというわけであった。

「おや、今年は清次郎さんはどうしなすった。」

「へえ、北廻《まわ》りで松前に行っとります。」

「あのひょうきんな亀ってえ子も、そっちかね。」

「いいえ、亀は江戸廻りでいっしょにつんのうて（連れ立って）来ましたったい。きょうは一人で商いに出ました。」

「あの子はからかっても通じないようなきまじめな顔して、いつのまにかこっちがからかわれとる。おかしな子だよ。」

「へえ。」

「どうだい、忠次郎さん、きょうはうちに泊まっておいで、な、そうしなよ。」

「へえ、ありがたいんでございますばって。」

「おめえさんの諸国ばなしも聞きてえからよ。夜になりゃひまな連中が聞きに来るぜ。」

「へえ、それが……。せっかくですが。」

だいたい、旅商人《あきんど》は宿が決めてあった。毎年同じころ、同じくらいの期間だったから、宿のほうでも待っていてくれた。それに荷を置かせてもらったり、次の日の商売の段取りに土間じゅう使って皿や小鉢の籠詰めも、慣れた家でなければ、遠慮でとてもできなかった。第一、同じ故郷《くに》の者が落ち合い、連絡を取るのにも、そのほうが便利であった。

もっともお得意先で、「泊まれ」といわれた場合、世話になることもあった。そのほうが親しみができ、次の年の商いもうまくいったからだ。

けれどその日は、忠次郎には気がかりなことがあった。

「実はごひいきいただいてる亀んやつですたい。ゆんべ宿に帰ってこんじゃったもんですけん。」

「筑前のうたでも聞かせなよって、泊められてるんだよ、そうだよ、きっと。亀ちゃんのこった。案じるにはおよぶめえ。」

「はあ、そげなこつならよかですばって。」

きのうの朝忠次郎は、そろそろひとりでやってみないかと、荷を担がせて出してやった。

その荷の中にツラモノ（二級品）やガラ（三級品）に混ぜて、思いっきり上物《じょうもの》を一つ入れた。亀吉は恐そうにしたが、獅子が子どもを谷にけ落とすたあこういうことだと、忠次郎は気がつかないふりをした。

「どっちに行ったら、よかでしょう。」

「東国はおめえのほうがくわしかごたる。まだだれも行かんところへ行ってみろ。売れんじゃったら帰ってくっことはでけん。」

あのとき、忠次郎のいった励ましを真《ま》に受けて、うろうろしているんじゃないだろうか。あるいは上物の丼鉢を加えてやったことが仇《あだ》になって、騙されたもんで帰ってこれないところだろうか。

「亀んやつ、商いがいやんなって、逃ぐるとこじゃなかか。」

という仲間もいたが、亀吉に限ってそんなはずはない。忠次郎には確信のようなものがあった。裏に裏のある世の中、正直一途《いちず》な年若い亀吉が難儀しているところしか、思い浮かばなかった。

その夜も亀吉は宿に帰ってこなかった。忠次郎はみんなを先に発《た》たせ、ひとりであちこち探し回った。

前出の関口日記（文化十四年のもの）を見ると、集金に行くまで二ケ月もある。つまりこれはそういう事情があった。

鶴見村の名主、佐久間権蔵《ごんぞう》も近隣の名主たちに回し状をして探してくれたが、わからなかった。とうとうあきらめて、忠次郎は芦屋に帰った。

ところが亀吉は程ケ谷《ほどがや》で死んだという知らせが届いていたのである。

「程ケ谷だと、鶴見からいくらもはなれておらん。ほんの目と鼻のさきじゃないかね。なし、わからんじゃった。」

忠次郎はあぜんとした。

あの日、亀吉は荷を担いでぶらぶら歩き回った。程ケ谷まで来て、ある農家へ入っていこうとしたとき、門口につないであった牛におどかされて転がったというのだ。

たぶん亀吉は、焼きものを壊《こわ》したらという気持ちが働いていたに違いない。無理があったのだろう。腰の骨を折ってしまった。動けないでいたところ、野良から帰ってきたその家の者に助けられた。

取りあえずふとんに寝かされ、村役人に届けられた。さらに村役人から役所に訴え出て、役人が検分にきた。役人は手当をするようにといいつけて引きあげたらしい。

それには一つ一つ、「恐れながら申し上げ候」という願書《ねがいしょ》がつくはずだから、名主の問い合わせがなぜ行き違ったのだろう。

亀吉はその夜高い熱が出た。その農家でも持て余したらしい。病人が出た場合、その村の名主の添状《そえじょう》をつけて、戸板に乗せられ故郷の方向の次の村へと順送りすることになっていた。程ケ谷から戸塚へ向かう途中で亀吉は死んだ。そこで路傍《ろぼう》に葬《ほうむ》られたのであった。もしこれが、たかだか十五やそこらの子どもではなく、身分のある者だったら、あるいはいくらか所持金でもあったら、せめてお寺の境内《けいだい》に埋められたことだろう。

昔の旅はまことに命がけであった。旅をする人は「往来一札《おうらいいっさつ》之事」と書いた手形をもらって出たものであった。

「往来一札之事」
此亀吉事《このかめきちこと》関屋清次郎奉公人ニ紛無《まぎれなく》御座候《ござそうろう》、此度《このたび》諸国商売ニ罷出申候《まかりいでもうしそうろう》、国々御関所無相違《そういなく》
被成御通可被下候《おとおしくださるべくそうろう》、若《もし》此者病死仕候《つかまつりそうら》ハバ、其所之以御慈悲《ごじひをもって》御取置被遊可候《おとりおきあそばるべくそうろう》此方江不及御《このほうへおとどけにおよばず》
届念為一札如件《くだんのごとし》
国々　御番所様
村々役人衆

亀吉は芦屋を出るとき、水盃《みずさかずき》をして出てきた。それがどういうことなのか、亀吉はわ

かっていたのだろうか。

この手形にはわざわざ届けてくれなくてもいいと書いてあったが、程ケ谷の名主は芦屋に通知してくれた。それだけでもありがたい好意であった。そこで次の年、清次郎、忠次郎の兄弟は程ケ谷に出向いた。程ケ谷の名主に礼をいうためと、亀吉の墓に詣《もう》でるためであった。

武蔵と相模の国境《くにざかい》に、境木《さかいぎ》というところがある。境に立てられた杭という意味らしい。程ケ谷から元町、だんご坂を過ぎて、一番坂にかかる。そこには旅人の無事を祈って道祖神《どうそじん》、地神塔《じしんとう》がひっそり立っているが、それだけこの坂は難儀するということか。

実はその通りくねくねと相当な急坂であった。両側に老杉《ろうさん》がうっそうと茂り、陽《ひ》も射さないので、晴れている日もじめじめして滑った。

それが終わると少し緩《ゆる》やかな二番坂で、その頂上が境木、立場《たてば》になっていて、茶店もあった。苦労して上《のぼ》ってきただけに、風も気持ちがよかった。右に富士、左には鎌倉山がこんもり緑色に見えた。

下《くだ》りは焼餅《やきもち》坂、品濃《しなの》坂となった。程ケ谷から来ても、戸塚から来ても坂を上ることになり、箱根に次ぐ難所となっていた。

ところで境木《さかいぎ》の手前で左に折れ、一町ほど行くと雑木《ぞうき》林の中に〈投げこみ塚〉があった。広さは六尺（約一・八メートル）四方、深さは五尺（約一・五メートル）の穴があり、行き倒れや死んだ牛馬をここに捨てた。

亀吉もここに葬られていたのである。

「兄《あに》しゃん、亀んやつ、牛におどされたちゅうばってん、わいは信じられん。ちゃわんのかけら一枚残っておらんじゃった。たぶんけがしたのは、あの家の門口《かどぐち》じゃなかごたる。」

「…………」

「わいは錦手のどんぶり鉢をかてた（まぜた）が、あれが仇したと思うちょる。」

「どげなこつね。」

「あれがあるばっかりに、街道の追い剥ぎにねらわれたとばい。」

「…………」

もちろん真相はわからなかった。清次郎たちは奉公人どころか、身内さえ旅先で何人か亡くしていた。しかしこんなに気持ちが鬱屈《うっくつ》したのは初めてであった。このせいかどうか、次の年から茶碗屋は東国へ来ていない。唯一の手がかりの関口日記には、いくら探しても、〈筑前ちゃわん屋〉の記録がそれ以後出てこないのである。

さぼてん茶屋一代

鶴見の街道筋《すじ》にはサボテンを看板にしている茶屋があった。

とげとげのしゃもじとか、山芋《いも》とか、平べったいうちわみたいのが、あっちに引っつき、こっちに引っつき、高さは一間《けん》（約一・八メートル）はとっくに越え、東海道を上《のぼ》り下《くだ》りする旅人の目を引いた。サボテンを覇王樹《はおうじゅ》と書くが、鶴見のサボテンはまさにそれであった。

「なんてえ枝ぶりだい、これでも植木かね。」

「こいつこそ、ほれ、南蛮わたりのシャボテンってえ木だ。」

「へえ、まるででく人形の糸がきれて、手足ばらばらってえかっこうじゃねえか。」

「なるほどなあ、そういや、こわれたでくってかっこうしてやがら。」

旅人は勝手なことをいっては、まんじゅうをつまんでいくのであった。

植物には、桜なら桜の、楓《かえで》は楓の違いはあっても、幹なり枝なりの張り具合にはだいたい決まりがあるものだ。ところがサボテンときたら秩序も何も、好き勝手にむっくりむっくり拡《ひろ》がっていく。親うちわに一枚の子が、その上に一枚孫がという具合ならまだいいが、三枚も四枚もくっついて、その重みでしだれているのもあった。

どうもいつの世にも珍奇を好む変人がいるものだ。江戸の麻布《あざぶ》の箪笥《たんす》町には、〈サボテン講《こう》〉があって、五月の花時《はなどき》には、鶴見くんだりまで出かけてきたそうだ。今様《いまよう》にいえば、〈サボテンの花を見る会〉というところであろう。

不心得《ふこころえ》の旅人は柔らかいサボテンの肌に自分の名を刻んでいく者もあった。サボテンも棘《とげ》でその指を刺したから、ちゃんと仕返しもしたわけだが。細かいのが無数に皮膚に残り、だいぶ後まで痛かったに違いない。

サボテンはメキシコ辺りの砂漠に生えるもので、初めてヨーロッパに紹介したのは、コロンブスの一行ということになっている。それが廻《まわ》り廻って、日本にやって来たのは正保《しょうほう》年間（一六四四～四八）のことらしい。たぶんそのときは、ウニのような玉サボテン、兜《かぶと》の鉢そっくりの兜サボテン、樽《たる》のようなの、柱のようなの、いろんなのが入ってきたと思われる。しかし何分《なにぶん》にも寒さに弱い植物だから、霜やけになったり、風邪をひいたりして、大部分くさったり、枯れたりしたらしい。

鶴見のサボテンは、うちわサボテンという比較的寒さに強い種類であった。文化年間（一八〇四～一八）、サボテン茶屋の初代、金蔵《きんぞう》のころであった。

金蔵はまたの名を〈吹き流しの金〉といった。つまり五月の鯉《こい》の吹き流しみたいに、腹は空っぽで、臓物《ぞうもつ》一つないという、まことにさっぱりの気性であった。ものの本には江戸っ子の形容のようだが、鶴見にだっていたのである。

ある日、でっぷりした大店《おおだな》の隠居《いんきょ》というこしらえの男と、その番頭《ばんとう》らしい二十五、六の瘦《や》せぎすの男が、店の縁台に腰かけて、茶を飲んでいった。若いのが大事そうに、箱を二つ抱えていた。

「すまないがあるじ、一刻ほど休ませてもらいたい。こいつがその先で急に気分が悪いといいだしたんで。」

「旦那《だんな》さま、もうだいじょうぶで……」

「そいつがいけない。もう江戸は目と鼻の先だ。あわてるこたあありませんよ、番頭さん。」

「へえ。」

若いのは手拭《てぬぐ》いでそっと額《ひたい》の汗を拭《ふ》いた。やはりまだ気分が治ってないらしい。

おせっかいな金蔵は放っとけなかった。風通しのいい奥へ連れていって、胸を広げてやるやら、冷たい水でしぼった手拭いで冷してやるやら、小半時《こはんとき》も看病しているうちに、若者も人心地《ひとごこち》がついたようだ。

「お世話をかけてしまいまして。おかげで気分もなおりました。」

ところが出ていくとき、若者は土間の敷居《しきい》につまずき、抱えていた箱をとり落としてしまった。

「ほれ、まだほんとうじゃなかったんだよ。旦那もああいってくださるんだ。おまえさん、もうちっと横になっておいで。なんだったら旦那にはおいらが供《とも》をして江戸入りしてもいいんだぜ。」

金蔵はあわてて抱き起こそうとした。若者は自分のことより、転がした箱が気になるらしく、金蔵をふり払うようにして、手を伸ばした。

「旦那さまごかんべんを……。そそうをしてしまいました。」

若者はあわてて、紐《ひも》を解いた。

「ああ、やっぱり。旦那さま、とんだことをしてしまいました。」

若者は土気色《つちけいろ》の顔をいっそうどす黒くさせ、頬を引きつらせた。

中は青磁《せいじ》色の支那鉢《しなばち》に植えた小さな苗であった。鉢は二つに割れ、砂はこぼれ、苗は細い絹糸のような根ごと、転がり出していた。

「これはサボテンなんだが……。上方《かみがた》まで行ってわけてもらってきました。うーん、こいつはもういけません。あるじ、取りすててください。」

「へえ。」

「よかったよ、番頭さん、もうひと鉢のほうは無傷です。」

さすが大店の隠居は鷹揚《おうよう》なものであったが、番頭は恐縮して、小さくなってしおしお出ていった。

ところで、金蔵はサボテンのほうはあの旦那のいった通り、だめだと思った。根から抜けて転がり出したものが育つとは思えなかったからだ。しかし真っ二つに割れた青磁《せいじ》色の鉢のほうはちょっともったいない気がした。三本の猫足《ねこあし》がついている高価そうな鉢だったからだ。手でくっつけてみたが、離すとぱかっと割れた。

「割れたもんは、しゃあねえやな。」

これまた、軒下《のきした》に転がしておいた。

ところが、九歳になる息子の金之助は、そくひ（米粒を練ってつくった糊《のり》）で継いで、糸で縛って棚にあげておいた。金之助はいつか瀬戸もの継ぎが、木の下で仕事をしているのを見てたらしい。

「松でも植えたら、正月の床《とこ》かざりになんべ。」

九歳の子の分別《ふんべつ》とは思えない。この金之助、親に似ず、こせこせ、いつも何かやっていた。いたずらならわかるが、箒《ほうき》をつくったり、竹を切って、箸《はし》を削ったり。

「どうも、あそこは親子さかさまだ。」

というのが、近所の評判であった。

サボテンのほうは表に転がったままであったが、ある日、金之助が何げなく軒下に転がっていたサボテンの苗をつまみあげて驚いた。少し干《ひ》からびてしわが寄っているのに、ひっくり返すと、下のほうに根が出ていたからだ。

「おとっつぁん、きてみなよ。こいつ、生きてやがった。」

「なんだ、なんだ。ふーむ、こりゃいつか江戸の旦那のすてってったサボテンだな。へーえ、水やるでなしよ。てえしたもんだ。」

　金之助は棚にあげっぱなしの支那鉢を思い出した。

「おとっつぁん、あの鉢に植えてみなよ。店のかざりもんになるよ。」

「うん、このサボテンは運の強《つえ》えやつだ。ひょっとすると、おいらんとこの福の神かもしんねえ。」

「そうだよ、おとっつぁん。」

　そうなると、金蔵はこんどはサボテンのことしか、考えられなくなった。昼は日なたに持って出、夜は鉢ごと綿にくるんで、箱に入れ、枕もとに置いた。客でも来ると、小ぶとんに乗せて自慢した。

　サボテンはあんまり水をやってはいけないと聞いたもんで、金蔵はやりたいところをぐっと我慢していたが、ある日、艶《つや》のない緑色の肌を見ると、どうにも気になって堪《た》まらなくなった。

「水ほしい、水ほしい。」

と訴えているようだ。金蔵は堪まりかねて、水をかけた。さすがにおっかなびっくり、ほんの春の霧雨《きりさめ》程度のおしめりに止どめたが。

　サボテンは途端に、まるで青蛙《あおがえる》のように濡れぬれと艶《つや》を持ち、小さな棘一つ一つ、小さな露《つゆ》を結んだ。

　次の朝起きて、まずサボテンをのぞくとどうもきのうの水気を吸った分だけふくらんだようであった。

「おい、金之助、ちょっと来てみな。サボテンのやつ、ちっとべえでっかくなったぞ。」

「おとっつぁん、なんかと思やあ……、いいかげんにしなよ。サボテン、サボテンって。村のもんに笑われるよ。」

「でもよ、どう見てもでかくなってるとしか思えねえ。」

「きんのとおなじだって。」

「いんや、よっく見ろや。心持ちでっかい。」

「おとっつぁん、サボテン道楽もいいかげんにしなよ。おいら、おとっつぁんのため思っていうんだよ。」

「おきやがれ。親に意見する気でいやがる。」

金蔵はますますサボテンがかわいくなってきた。卵の殻を根の周りに伏せた。

「おとっつぁん、そいつは万年青《おもと》の鉢みてえだな。サボテンにたまごはあわねえべ。」

「おめえもいちいち小うるさいぞ。なあに、万年青にいいものが、サボテンに悪いわけあねえ。」

「うふっ、おとっつぁんてば手に負えねえ。きんのにかわる〈蝶《ちょう》よ花よ〉で、サボテンもびっくりしてんべ。」

何をいわれても金蔵はいっこうに堪《こた》えない。

「さあ、ふとれ、やれ、ふとれ。」

とやるもんで、近所の人が笑い出した。

「吹き流しの金さんを見ろや。さるかに合戦じゃあるまいし……」

そこに噂を聞いた鶴見村の名主《なぬし》、佐久間権蔵《ごんぞう》がやってきた。植木が好きで、いろいろ手掛けている。万年青の鉢に卵の殻を伏せたのはこの人であった。金蔵も金之助もそれを見たというわけであった。

「金さん、こいつに水をくれたね。」

「へえ、しなびて来やしたんで。でもおかげでふとって来やした。」

「いけねえ、いけねえ。ふとったんじゃねえ。ふやけているんだ。こんな海風の来るところじゃ水気なんか、からだから吸うだけでじゅうぶんだ。そこへ水なんかやってごらん。くさるのはうけあいだ。」

金蔵は青くなったが、その心配をよそに、サボテンはぐんぐん大きくなり、緑色のしゃもじの肩に小さなこぶをこしらえ、それもみるみる大きくなり、たちまち親しゃもじと同じくらいになった。そうこうしているうち、子のしゃもじの頭にこぶができ、孫のしゃもじになるというあんばいであった。

とうとう鉢には収まらなくなった。気がつくと、鉢の穴から根を出していた。

もともとひびの入っていた鉢を糸で縛ってもたしてあったのが、ある日、とうとう弾《はじ》けて割れてしまった。

そこで、表に植えることにした。一番陽《ひ》当たりのいいところで、風も当たらないといったら、街道に面した店の脇しかなかった。

外に出すのは気がもめた。寒い夜は霜やけにならないかとか、雨の日はふやけないかとか、金蔵ははらはらしたが、ここまで大きくなると、別に障《さわ》らないようだ。

もう一つ心配の種ができた。サボテンがやけどに効《き》くというので、ぽろっと欠いて持っていく人が出てきた。何でも多肉質の葉をすり潰し、それを紙に伸ばして貼っておくのだそう

「鶴居堂《かっきょどう》（鶴見の薬屋）のねり薬より効く。すりつぶすときは青くさいけどねえ。」

しかし金蔵としては、看板ものをぽろぽろ欠かれてはかなわない。まったくサボテンの番だ。もひと仕事であった。

その金蔵も死んで、金之助の代になった。おとっつぁんと違って、サボテンは放ったらかしだったのに、サボテンは伸びていった。

下のほうは褐色の固くて太い幹になり、あっちこっちにぽろぽろこぶをつけ、それがたちまちしゃもじになり、山芋になり、うちわになりして伸びていった。

あんまり伸びるので、ある日竹の杖を支《か》っていると、茶を飲みに寄った旅人がいった。

「いまに軒《のき》をつきやぶるぜ。」

「まさか。」

「いや、おいら駿河《するが》（静岡県）の龍華寺《りゅうげじ》てえとこで、大サボテンを見てきたとこよ。海の見えるいちばんいいとこに陣どって、そうさな、およそ二間（約三・六メートル）四方はひろがっていたよ。」

「へーえ、二間四方？」

「高さだって、こんなもんじゃねえ、三間（約五・四メートル）はあった。見あげるくれえよ。」

「…………」

　金之助はとてもそんなこと本気にできなかった。ところが旅の人のいった通り、とうとう軒《のき》につっかえた。放っておくと、それがたわんで地面につく。するとそこにもう根が出てくるのであった。あるいは、ぼてふりの天秤棒《てんびんぼう》がぶつかってもぽろっと欠け、それが地面に落ちて根づいた。それればかりではなかった。根元の周りには絶えず芽が出てきて、そこからも、しゃもじ形にふくらんでくるのであった。

「たいへんだよ、金之助、サボテンがつんのびて、ひさしがあおりをくってるよ。おまけに板壁がおっぺがされてるよ。」

　おっかさんがいうので、金之助が出てみると気のせいか、なるほど家が傾いていた。

「しょうがねえ。店の造作《ぞうさく》をかえんべ。」

と、三尺ほど引っこめた。三尺の隙《すき》ができ、やれやれ息ができると思ったのも束《つか》の間、サボテンのほうも腕を伸ばしてきて、たちまち三尺の空き地はふさがってしまった。

「こうしちゃいらんねえ。」

　金之助はぞっとすると、根元の芽は片っ端《ぱし》から欠いて、裏へ捨てた。ところがそれが一つ一つ根づいて、ごみ捨て場にサボテン林ができそうな気配であった。そこで、枝切りした分は切り刻んで、大八車《だいはちぐるま》に積んで海へ捨てにいった。

「いまにおれたちはこいつに食われちまう。」

と金之助は恐ろしくなった。そういえば駿河の何とかいうお寺じゃ八畳敷《じき》ほど拡がったというが……。こいつは何が何でも切り倒してやんべ。サボテン茶屋と名の出たとこだが、それどころじゃねえ。

ある晩、金之助はサボテンに押し潰される夢を見た。もうこれ以上放っとけない。根から斧《おの》で叩き割り、根こそぎ掘り返して、海へ持っていこうと思って、次の朝出てみると、サボテンのてっぺんに、いつもと違うこぶがついていた。

実はそれは花芽であった。そして、五月のある朝、黄金色の花が開いた。練り絹《ぎぬ》のように薄く、磨きたての銅《あかがね》のように強靱《きょうじん》で、日の光を受けてぴかぴかしていた。サボテンの中でも一番粗末なつまらない花といわれているが、それでも花は花である。これは瑞兆《ずいちょう》ではないか。

さすがの金之助も、根こそぎぶった切るとわめいていたことも忘れてしまった。

「おとっつぁんがサボテンをここに植えてから、ええと……、あれはおいら九つのときだったから十年めに咲いたってわけだ。」

サボテンの花を見にというんで、また茶店が賑《にぎ》わうことになった。

「ああ、切らなくてよかった。あぶないところだった。」

金之助は胸を撫《な》でおろした。

「やっぱこいつは唐天竺《からてんじく》の花だねえ。蓮《はす》の花そっくりじゃねえか。するてえと極楽か。」

花は咲いては散り、咲いては散り、次々、十七個咲いた。次の年は三十二個咲いた。

この花は秋になると、棗《なつめ》くらいの実になった。初め、命知らずの馬子《まご》が、おっかなびっくり口に入れた。

突然目をむき、どうと倒れたので、金之助初め周りで遠巻きしてた連中も青くなった。すると馬子はその効果を探るように、そっと片目を開け、それから笑いながら立ちあがった。芝居だったのである。

「こんなうめえもんはねえ。」

そこで金之助も口に入れてみた。甘酸《あまず》っぱい味が口いっぱいに広がった。

サボテンは火除《ひよ》けになるといわれていたがこのサボテンは火事で焼けた。

明治四十四年三月三十一日、汽車の煤煙《ばいえん》の火の粉《こ》が、鶴見駅近くの横山兼吉《かねきち》方の物置の草屋根に飛び、隣の天王院《てんのういん》を焼き、街道筋二百余軒を焼いたが、そのとき、サボテンもついに焼失した。

烏《からす》の巣

鶴見村成願寺《じょうがんじ》の墓掘り人夫の子、仙吉《せんきち》は七歳になる。おでこの突き出した、いわゆる才槌《さいづち》頭で、その下のどんぐり目は少々ひが目であった。

顔だけ見ていれば愛嬌《あいきょう》があるようだが、まったく無口で、村の子とは決してつき合おうとはしない。いじめられるからであった。

成願寺近辺でひとり遊びをしており、村の人の影でも見ると、すばやくどこかへ隠れてしまう。どうしても逃げられないときは、おし黙ったまま、ぴかりぴかり上目遣《づか》いで見るだけであった。

しかし林の中を駆け回っている仙吉を見た人は、これが同じ子かと疑うくらい、生きいきしているのにびっくりした。人前では押さえている体の中の全機能をいっぺんに動かすのであった。

仙吉はある朝、成願寺の石畳みの上で、赤裸の、くちばしばかり大きい烏《からす》の子を見つけた。高い杉の枝の巣から転げ落ちたものであった。すくいあげると、ぎゃあぎゃあと鳴いた。仙吉を母親と間違えたのかもしれないが、仙吉にしても、初めて手にした自分だけのものであった。

餌《えさ》は池の小魚を掬《すく》うことにした。どう料理して食べさせたものか、仙吉はそれしかやらなかったらしい。一ケ月もすると、烏らしくなり、三、四ケ月で黒い羽はぴかぴか一人前《いちにんまえ》になった。

この烏はある日、本堂で朝のお務めをしている住職の横に行って、ぐちゅぐちゅむにゃむにゃやった。読経《どきょう》のつもりらしく、これには住職も驚いた。

「仙や、このカラス、おっちゃまにくれや。」

「…………」

仙吉は取られちゃ大変と、子烏《こがらす》を胸にきつく抱いていた。

「な、仙、仙のすきなもんととっかえっこでどうだ。」

「…………」

仙吉は指に力を入れたらしく、子烏は苦しがって、げえっといった。

「わかった、わかった。もういい。」

住職は少し機嫌を損ねたようであった。

すると次の日、本堂に藁《わら》や木の枝のかたまりがおいてあった。

「だれだ。こんなところにごみを散らしたのは……」

と怒鳴ろうと思ったら、その中に赤はだかの子烏が三羽か四羽いた。住職が「あれ」とのぞくと、いっせいに大きな口を開けた。まるで赤い花がぱっと開いたように見えた。

「仙のやつめ。」

住職は苦笑いをした。

その次の日も、そのまた次の日も、烏の巣がおいてあった。ちょうど二番子の季節だったからだ。

それらのうち何羽かは、住職の後について歩くくらい慣れるのも出た。

「おっさま、こらまた小《ち》っけえお小僧が御入山《ごにゅうざん》で……」

と評判になったが、経《きょう》を読む烏は現れなかった。

住職は育った烏を放生会《ほうじょうえ》に全部放してやったので、「なるほどなあ」と、村の者はまたまた感心した。

中には顔をしかめた連中だっていた。何となく不吉な連想があったからである。〈烏の鳴き声占《うらな》い〉といって、どの方角で、どの時刻に烏鳴きすると、どういう凶事《きょうじ》が起こるなど信じている人もあったから。

そういう人は成願寺の烏に対しても、

「縁起《えんぎ》わりいもん飼って。いまによくねえことがおこらにゃあええが……」

といっていた。

ところが、その良くないことが起こってしまった。ある年、どういうわけか、いやに烏が増え出した。

「なんかいやに村がにぎやかだと思ったらよう、カラスが多くなったんじゃねえかね。」

「そういや、カラスを見るようになったな。」

村の者も挨拶に烏の噂をしたが、気がついてみたら、どうも尋常《じんじょう》でない。明らかに異常発生しているのであった。

烏はふつう朝早く起き、餌場に飛び出していくが、夕方も早じまいで、だいたい日没二時間くらい前から、寝場所に帰ってくる。清少納言の『枕草子』風にいうなら、「三つ四つ、二つ……」夕焼け空を舞うのは風情《ふぜい》があった。

そして一度森へ帰っても落ち着かないのか、またひと廻《まわ》り夕焼けの中を飛び出す。たぶん烏も夜の闇への畏《おそ》れといった原始的な情緒があるのではなかろうか。その様子は、「からすからす　勘三郎《かんざぶろう》……」と、呼びかけたくなるほど親しみがあった。

それが近ごろでは空に飛白《かすり》模様ができるくらいで、その異様さに村の者も気がついたのであった。

鶴見の烏の餌場は、生麦《なまむぎ》の浜辺で、漁師が莚《むしろ》に並べる干魚《ひざかな》とか、開くとき捨てる鯵《あじ》や皮剥《かわはぎ》の臓物《ぞうもつ》であった。寝場所は子生山観音《こいけさんかんのん》裏から成願寺《じょうがんじ》の裏にかけての雑木山《ぞうきやま》で、殊《こと》に抜きん出て一本だけ高い成願寺の杉の木など、烏のために、木自体がからだを揺すって泣きわめいているようであった。枝も烏の重みで折れたところもあったし、近くの人は、烏の餌の食い残しや糞《ふん》の臭《にお》いと声に悩まされた。

烏はかあと鳴くものとされているが、実はもっと複雑で、餌を見つけて仲間に教える声もある。おせっかいなおかみさんを金棒《かなぼう》ひきというが、がらがら引きずる金棒の音を烏も立てた。仲間同士ののどかなおしゃべりもある。水浴びのときとか寝ている間に思わず出る、甘えたようなくぐもった声もある。

あるいは見慣れぬ者が近づいてくるのを、仲間に知らせる鋭い声、敵に向かっておどす声、反対に強いかなわない相手に出会い、救いを求める声、それから雌を呼ぶ雄の高らかに張った声……。それらを千羽近い烏がやるのだからたまらない。

「いってえ、どういうわけで、こう増えたんだべ。」

「そりゃ、成願寺のおっさまがあまやかしたせいだべ。」

「縁起わりいもんせっせと養ってたもんな。なんでもカラスもってきゃ駄賃《だちん》くれるってんで、そいつほしさによその村からも子ガラスふところにやってきたつうからよ。」

「そうだいね。そのカラスをおっさま、そっくり放したべ。あんときのカラスが増えたんだべ。」

もちろん、烏の世界に起こった異変の真相は人間にはわからないが、いろんな条件が烏に幸いして、増えに増えた。

烏が目に余り出したのは、何といっても畑荒しであった。生麦の漁師の上ん前《うわまえ》をはねたり、かすめたりだけでは足りなくなったのかもしれない。

烏たちは木の上や屋根の上から、村の者が畑に出てくるのをじっと待っていた。そして、誰か出てきて、畑に鍬《くわ》を入れ、土を掘り起こすと、その下から転がり出してくる地虫《じむし》にわっと舞い降りてくる。この辺はまあいい。むしろ畑の害虫を退治してくれるようなものだ。

ところが、豆を播《ま》いたとする。すると必ず黒い野良着《のらぎ》の小さいのが、二羽も三羽もひょいひょいとついてくる。手伝ってくれるわけではない。播かれた豆を片端《かたはし》から突つき出してしまうのであった。

豆を播くのは、この辺りでは八十八夜といっているが、ちょうどそのころ、烏の巣でも雛《ひな》が孵《かえ》り、烏の親も餌集めに必死のころであった。

稲藁を切って何本も刺しておき、烏が突つきにくいようにしても、そんなのはほんの一時《いちじ》しのぎで、人間の気休めにもならなかった。

「この下に豆あり。」

と知らせているようなもので、太いくちばしや足で稲藁をけちらし、たちまち豆をほじくってしまうのであった。

番人をおいて、鳥を近づけずに豆播きを済ませ「やれやれ、うまくいった」と思っても、実は豆が土の中で水分を吸って、柔らかくふくらみ出す二、三日目の豆が鳥は好きなのであった。それこそ村の衆のまだ起きてこない早朝、ぐふぐふ喉《のど》を鳴らしてほじくり出してしまうのであった。水を吸ってない固い豆だけ、畝《うね》に弾《はじ》き出され、干《ひ》からびているというから、勝負にならない。

「まったくおらっち、なんのために苦労してたんだべや。米は年貢に持ってかれるし、豆っくりゃ、カラス代官かよう。」

「おらんとこじゃ、案山子《かかし》おっ立てたがよ、ちっとも役に立たね。」

それはそうかもしれない。いつも江戸のほうをにらんだっきり、両手突っぱらしたまんまでは、こしらえものであることがすぐわかり、たちまち馬鹿にされてしまう。

その案山子だって、立てるためには手間暇《てまひま》がかかった。着せてやる野良着だって、余計《よけい》なものがあるわけではなかった。自分のを脱いで着せてるので、用が済んだら取り返さなくてはならなかった。

鳥は衆を頼むと、大胆というか、かなり厚かましいいたずらをした。

春先、烏は高い木の上に巣をつくるが卵の座りを良くするためか、保温のためか、馬のしっぽを抜いていく。街道で休んでいる馬がよくねらわれた。

まず馬の背中にとまる。蝿を追って右に左にふられる尾をじっと見定め、突然、ぱっと飛びついたと思うと、もうくちばしに二、三本からめて、引き抜いているのであった。

「馬どこかよう。おらんとこのがきゃあ、川っぷちで釣りをしてたら、頭におりて髪の毛ひき抜いたんだからよ。ぎゃあっとさわいだんで近くの田んぼにいた衆がかけつけてくれたときは、目的はたしてとび立ったあとだったてえからな。」

「カラスははしっけえからなあ。それによく知ってるよ。おとなの頭はねらわねえもん。」

それから屋根の茅《かや》を抜く。これも一本をくちばしでこじり出してくわえると、自分の体の重みをかけてぶら下がって抜くのであった。一本抜くと、そこだけぐさぐさに緩《ゆる》むから、二本目は抜きやすいらしかった。

初めは気がつかなくても、雨の日など思わぬところから雨漏《も》りして、

「あっ、カラスにやられた。」

と気づくのであった。

名主《なぬし》のところの犬の餌はほとんど犬の口に入っていないんじゃないかといった人もあった。

女衆《おんなしゅう》が台所から出てきて、皿に餌を入れちょっと愛犬に声などかけ、台所に入っていくと、

おもむろに烏は降りてくる。つまりこの機を屋根の上で待っていたのだ。

まず鼻先でばさっとやる。犬の鼻のやわらかいところを翼で打つか打たないかくらいに……。そして空を眺めたり、人を人とも、いや犬を犬とも思わぬかなりの図々しさで犬をからかう。それから後ろに廻《まわ》ってしっぽなどを咬《か》む。犬が怒ってふり向きざま飛びつくと、さっと食べものをさらってしまうのであった。

梅干の土用干《どようぼ》しをすると、それを突つき散らかす。墓場のローソクや線香などもくわえて行くこともある。それは食べるためでなく、おもちゃにする気なのだ。しかし火の点《つ》いたのを、茅屋根の上に落としたりして、思わぬ火事になったりするから、墓参りのとき、後始末をするよう、名主のお達しが出たこともあった。

もう黙っていられない。

「でんでん虫はカラスがきらうつうだ。どうだべ。そいつをいっぺえ播いといたら。」

「そんなこんでカラスのやつがまいって、鶴見へ、入《へえ》らねえと思ってんのけ、じょうだんじゃやねえ。」

「じゃ、なんか策があるってのかよ。」

「こんななあどうだべ。油揚《あぶらげ》に石見銀山《いわみぎんざん》（砒素《ひ》）をいれるってのは。」

そこで、まあやってみた。ところが烏たちは一枚上だ。

いつもある場所、たとえば、豆腐屋の岡持《おかもち》とか、台所の棚の上とか、卓袱台《ちゃぶだい》の上などにあったら、さっとさらうくせに、道の上とか畑の真ん中に落ちてる油揚はどう見てもおかしい。

二羽ほど降りてきてしばらく油揚を見ているようだが、突つくこともしないで、飛び立ってしまった。人間側は油揚代と、高価な石見銀山代まで無駄にしたわけだ。

「あの用心ぶかいカラスの習性を考えてみろって。やつらは地蔵堂のだんごなんかくわえてって、どうすっだ。ひさしとか板べいの割れ目なんかにかくしとくじゃねえけ。干からびた食い残しがころっと出てくっことがあんじゃねえかよ。どうだべ、ふつうのようにしておいとくだあ。子どもに岡持持たせてよ、彼岸《ひがん》だんごを配りにやらせたって体裁《ていさい》でもいい。そうすりゃやつはかかる。」

「なるほど、それなら食いそうだ。」

そこで村の女衆たちはだんごをこしらえ、そこに銀色の、嫌な臭いの石見銀山を入れた。そのだんごは後で廻ってみると、確かにいくつか減っていた。しかしそれで死んだカラスは何羽いたろう。裏山の烏はちっとも減ったように見えなかった。

罠に足を取られた烏なんか、かえって間抜けに見えたくらいだ。

「こいつを吊るして案山子にすべ。いたずらすりゃこうなるってえ見せしめだ。」

「効《き》くようにゃ見えねえけんど。」

「とにかく吊るさなけりゃ、おらっちの気がおさまんねえ。」

そこで吊るしてみた。風の中にくたっとなった烏がくるんくるんと揺れるのは、やはりいい気持ちのものではなかった。烏たちもそう思ってくれるだろうか。いえ、どういたしまして。それどころか、よくも仲間を吊るしたなと復讐心《ふくしゅう》に燃えたのではなかったろうか。どうも田荒らしはいちだんとひどくなった。


「巣をぶっ壊《か》すべえ。ひなやたまごを捨てるんだ。それしかねえ。これ以上カラスの数を増やさねえようすんのが先決だべ。」

しかし、誰がその巣を壊《こわ》すのだ。烏の巣は三、四十メートル上だ。

「墓掘りんとこの仙吉にやらすべえ。もとはといやあ、やつのカラスが元凶《げんきょう》だ。」

「そいつはええ。つぐなってもらうべえ。やつは猿みてえだから、木なんか平気だべや。」

仙吉はおどされたり、おだてられたりして雑木山の木に次々登らされた。

烏は人間どもの騒ぎにとっくに気づいていた。仙吉が登り出すと、するどい叫びをあげながら、ばたばた廻り出した。仙吉に翼をぶつける烏もあったが、仙吉は平気のようであった。

ようやく巣のある枝に手がかかった。ぐっと体をせりあげると、雛は親かと思ったのだろうか。大きな口を開けた。

あるいは下の人間どもの騒ぎや、親烏たちの悲鳴、「気をつけろ、気をつけろ」に危険を察していたのかもしれなかった。口を開けたのは餌欲しさでなく、恐かったからだろうか。

仙吉はそれをつかむと、ぼてっぼてっと地面に放り投げた。

途中で一度降りてきて、「ざぶとんを背負わしてくれ」といった。烏のくちばしから守りたかったのだろう。しかしざぶとんがあるとかえって登りにくく、結局外してしまった。

成願寺の境内もおびただしい藁くずや木の枝、そして烏の雛の死骸で散らかった。落ちてきて、きょとんとしている強い雛は、大人が片端からひねってしまった。

「おい、見ろ、あの杉の木がもう一本残ってる。あの先っぽのやつは大将の巣だべ。仙吉、とってきな。」

仙吉はがくんと才槌頭を仰《あお》のかせたが、黙って立っていた。さっきまではけしかけられると、喜んで登ったのに……。

仙吉はちょっと青冷めた。下から見上げたんでは先の先にある巣は見えない。仙吉は村の大人たちを上目づかいで見た。哀願でもするように。

でも村の者たちが「登れ、登れ」というもんで、ようやく覚悟を決めたらしい。手の汗を野良着でこすると、ざらざらの杉の幹に張りついた。幹は太くて、とても仙吉の手では抱えこめず、どうも登りにくそうであった。
すでに何本も登ったり降りたりして、疲れも出ていた。杉の幹に張りついて息をついてい
るのが下からわかった。
「もういい、仙、おりてこい。」
住職が大声でいった。とたんにずるっと手が滑った。下の人たちは一斉にあっと叫んだが、
どうやら杉の皮の割《さ》け目に指がかかり、仙吉はやっと持ち直した。
「登れ、もうすこしだ、仙吉。カラスの巣をたたっこわせ。」
村の衆が叫んだ。住職の「おりろ」という声より、そっちのほうが大きかったので、仙吉
はまた追われるように、じりっじりっと登りはじめた。
一番下の枝(それも屋根より高かった)に手がかかると、後は楽であった。らせんになっ
た階段のように、伝っていけばよかったから。
下からは仙吉がどの辺にいるのか見えなくなった。ただときどき、枝の間を見え隠《がく》れする
鳥たちから見当をつけるだけであった。
ときどき藁や枝がぱらぱら落ちてきた。途中からは巣の形をしておらず、枝や藁がばらば
らになって、ごみのように舞ってくるだけになった。高いからであった。
そのうち木も細くなった。ゆらゆら揺れて登りにくいし、鳥のほうも必死で仙吉の背や腕

や足をつつく。仙吉もその防衛に時間が取られる。すねなんか太いくちばしでくわえられてねじられると、痛さのあまり平衡《へいこう》を失って落ちそうになることもあった。そういうことは、下からはわからなかっただろう。

「何してるだあ、仙吉よう、遊んでねえでカラスの巣さほん投げろ。」

と、そそのかす声が遠い潮騒のように上《のぼ》ってくるだけであった。

とうとう、さっぱり雛とか、藁くずが落ちてこなくなった。仙吉もどの辺にいるのかわからないので、下の人たちも退屈してきた。

そのとき、枝にぶつかったり、弾かれたりしながら、黒いかたまりが落ちてきた。そして藁の散らかった土に叩きつけられた。それが仙吉であった。

黄金《こがね》の茶釜騒動

鶴見の郷土史家、持丸輔夫《もちまるすけお》さんがあるとき、こんな話をされた。

「昭和二十五、六年ごろでしたかね。諏訪山《すわやま》に寺尾城主の埋蔵金《まいぞうきん》があるはずだから、掘らせてくれといってきた人があったそうです。」

JR鶴見駅の北口に出ると、正面に岡が続いている。そのやや右手が諏訪山である。私は緑の多いそのあたりをちらっと見ながら、「あそこにねえ」と、思った。

やれ赤城山《あかぎ》（群馬県）には幕府の御用金《ごようきん》三百六十万両が埋蔵されてるの、多田銀山（兵庫県）には豊臣家の遺宝《いほう》四億五千万両が隠してあるのと、嘘か本当か知らないが、埋蔵金伝説があるぐらいは、私も知っていた。そういえば、それらが話題になり出したのも、昭和二十五、六年ごろではなかったろうか。

「地主の何《なん》とかさんは、とても信じられん話だし、掘りくりかえされては、山の木もたまらないので、ことわったというんですがねえ。」

埋蔵金探しくらい当てにならない話はないと思うのだが、それでも赤城にしろ、多田銀山にしろ、もしや、もしや……と掘り続けている人が後《あと》を絶たないそうだ。人間の夢をかき立てるロマンがあるからだろうか。あるいは一攫千金《いっかくせんきん》の黄金《こがね》の亡者《もうじゃ》になってしまうのだろうか。昔は銀行という便利なものがなかったから、少しお金が溜《た》まると、壺に入れて床下に埋めておくしかなかった。埋めた当人が不慮《ふりょ》の事故で遺言もしないで死んでしまった場合、床下の壺はそのままになってしまう。長者の屋敷跡から出てくる埋蔵金にはこういう例が多い。

「寺尾城主というと、諏訪馬之助《すわうまのすけ》ですね。」

「そうです。小田原北条《ほうじょう》家の分限帳《ぶげんちょう》に、『諏訪三河守《みかわのかみ》馬之助、二百貫文《かんもん》』と載っていますが、その馬之助です。二百貫文といえば、二千石《ごく》級で、これは上位ですよ。十勇士のひとりでした。寺尾は小田原、鎌倉から、江戸や川越《かわごえ》に出ていく要衝《ようしょう》でもあり、房総《ぼうそう》（千葉県）の里見氏の水軍の監視所でもありました。そこを任されたということは、そうとう信任されていたのでしょうな。」

「ああ、ではきっと、その埋蔵金というのは小田原城のではないでしょうか。天正《てんしょう》十八（一五九〇）年に秀吉に攻められ、落城してしまいましたね。そのとき、後日北条家再興の軍資金というんで、ひそかにここに埋め、馬之助が見張りしてたんですよ。」

今どき、埋蔵金など……といっていたはずの私なのに、思わず乗り出していた。

「いや、それがですね……」

持丸さんは何かしきりにいわれようとするのだが、私は早くも埋蔵金に幻惑《げんわく》されたらしい。

「徳川になる前、関東はほとんど北条家の勢力範囲でしたね。その仁政《じんせい》を慕《した》う旧家臣は当然、お家再興を合い言葉にしたでしょう。実はわたしの住んでいる世田谷には吉良《きら》氏がいました。北条系なんですが、世田谷城下の竹の下というところに、〈打倒徳川〉とひたすら時節を待っていたグループがあったそうですもの。」

「まあ、まあそれがね。」

持丸さんは困ったように、何度も私のひとり合点を止めようとされたが、私は夢中でしゃべっていた。

「まあ、待ってください。実は馬之助はもう天正十八年には生きていませんでした。寺尾城が攻められて落ちたのは、永禄《えいろく》十二（一五六九）年で、約三十年も前のことですよ。ちょうど北条家は隣国駿河《するが》（静岡県）の今川家といざこざをおこしていて、そっちに気をとられていた隙《すき》をつかれたんですな。武田信玄が大まわりして、裏から小田原にやってきました。甲州勢は二手にわかれ、一つは江戸攻め、いま一つは八王子攻めの体裁でしたが、ねらいは小田原の本城、歯向かう土豪《どごう》をけちらし、追いちらし、小田原へ、小田原へと進軍してきた。寺尾城主の諏訪馬之助も家臣大半といっしょに駿河へ出兵していて、留守は城代家老とわずかな兵士、たちまちふみにじられてしまった……」

「馬之助は？」

「たぶん駿河で討死《うちじに》したと思いますよ。」

「そうすると、寺尾の家宝を家臣が埋めて逃げたということですか。」

私はそれじゃ、埋蔵金のほうもたかが知れてると、少しがっかりした。

「よろが池というのが、もう少しこの北にあるんですが、そのとき鎧《よろい》や兜《かぶと》を放りこんだというう伝説があります。諏訪山と同じときなんでしょうかね。」

「埋蔵金というと、千両箱でしょうか。」

「さあ、黄金の茶釜に香炉《こうろ》だという人もいます。」

「ふつう、埋蔵金……、茶釜に香炉とすると隠し財宝でしょうが、子孫のために埋めるんでしょう。埋めた場所を記した手紙とか絵図があるんじゃないですか。」

「そうですね。あまりわかりにくくしたら、子孫も困るでしょうが、すぐわかっちゃ他人にとられて、埋めた甲斐がありません。そこが難しいところでしょうね。」

「…………」

「だいたい、隠し財宝の絵図や秘文《ひぶん》などは謎めいていましてねえ。」

「諏訪山の絵図や秘文はあったんですか。」

「さあ。」

実はこの隠し財宝の噂が文政ごろ（一八一八〜三〇）にも立ったことがあって、村中ちょっとした黄金《ゴールド》ラッシュになり、諏訪山が穴だらけになったことがあった。

鶴見橋の袂《たもと》を、三家《さんや》といった。たぶん昔三軒、家が並んでいたので、そう呼ばれていたのだろう。

その三家の源八横丁《げんぱちよこちょう》を折れると、とっつきに〈大山道《おおやまみち》〉と彫った石が立っていた。それを左に行くと、急に田んぼが開け、その中を行くと、やがて雑木《ぞうき》のうっそうと茂った岡に続く。

この道は寺尾村、末吉《すえよし》村に行商に行くぼてふりしか通らない道で、むしろ、狐《きつね》たちのほうが通る回数も多いと、村の者はいっていた。切り通しになっていたが、あるいはそこは諏訪馬之助の寺尾城を守る砦《とりで》があったから、その空濠《からぼり》のあとを、通り道にしていたのかもしれない。

さて鶴見の若者たちが、この諏訪山を掘り返し始めたから、村の者はびっくりした。

鶴見には若者組というのがあって、祭礼のときとか、盆踊りなどに出てきて、仕度したり、世話を焼いたりした。大山詣《まい》りに行くのにも、大概《たいがい》、若者組が何人かかたらって行ったものだ。組の費用などは、盆の休みに、たとえば村の道普請《ぶしん》とか、街道の宿場人足《にんそく》をしたりして、その賃金を積み立ててまかなった。それ以外のときは、若者たちは退屈で、退屈で、何かすることはないかといいあっていた。

あるとき、その中のひとりが大変なものを手に入れて、集会所である稲荷堂へ持ってきた。

黄色く色の変わった古い文書で、くずし書きで、寺子屋に一年も行ったかどうかという連中には難しすぎた。その上いたるところ虫食いが入っていた。もう一枚、記号だらけの絵図がついていた。

「なんだね、こいつは。」

「寺尾の隠し財宝じゃねえかと思うけんど。」

「なんだと？　どっから持ってきた、こんなもの。」

「こないだ、お寺さんの庫裡《くり》の大掃除たのまれてよ。燃やすごみん中にまじってた。なんかわかんねえが、曰《いわ》くあり気だから、おいら持ってきちまった。」

「財宝かなんかわかるもんけ。」

「いんや、きっと財宝だ。おらっちのじっちゃん、いったことあんだ。諏訪山に隠し財宝があるって。」

「財宝ってなんだべ。」

「金無垢《きんむく》の茶釜っつうだ。」

「絵図の×印が埋まってるとこかよ。どこらへんだべ。」

「いくら見てたっちゃ、おらっちの手にゃ、負えねえべ。友益《ゆうえき》さんに相談してみっぺ。」

小林友益は、街道筋《すじ》の〈おきな屋〉の隠居であった。字も読め、趣味も広い文化人で若者のすることにも理解があったので、彼らからも慕われていた。その友益老人にだけそっと打ち明けてみようということになった。

「だけんど、家のもんにはいうな。どうせ田うないや、草とりなまける算段だって、いたくねえ腹さぐられんのが関の山だべ。」

「そうだ、そうだ。友益さんのほうも口止めしとけや。」

見せられた友益老人は顔色を変えた。

「うーん、こりゃ、おめえらが想像したように、たしかに寺尾城の隠し財宝の秘文らしい。宝つうのは金無垢の茶釜と香炉だと書いてある。なに、なに……、『朝日さす、夕日かがやく松の木からたつみ（巽＝東南）へ……』。あとはわからんな。松とは物見の松のこったべ。里見水軍の監視の物見やぐらの松だ。いまは枯れちまって、根しか残っていねえ。」

「たつみにどうしろっていうんで。」

「こりゃ、占いでもやんなきゃわからんなあ。」

友益老人はそのころ、易《えき》に凝《こ》っていた。やたらによその縁談を占ったり、失《う》せものを見つけたりしていたところだったから、若者たちの持ってきた秘文や絵図は、それこそ格好の実験材料であった。

友益老人は自分の判断が確かなものかどうか、少し気になった。というのは、自分はこの村の生まれで、諏訪山といえばなじみ深い場所である。先入観があって、見立てにくもりが出ているかもしれない。

そこで念のため、江戸の名の通った易学の師、つまり友益老人に手ほどきをした先生のところへ持っていった。すると、答えは同じであった。

「目印の松から東南へ十歩だな。」

「この『朝日さし、夕日かがやく……』とは何でしょう。朝日のさすとき、松のかげがおちるところという意味でしょうか。天然自然の運行をもとにしてはかるもんだと聞きましたがね。」

「いや、なに、埋蔵金や隠し財宝の絵図のかき方には一つの決まりがあってな。八門遁甲法《はちもんとんこうほう》やらなんやら、忍法でまぎらわしくしたりするもんだ。朝日云々《うんぬん》も、枕言葉みたいなもんだ。気にせんでよろしい。」

「へえ。」

「それよりもその地に、さわるとたたりがあるといい伝えられてる塚はござらぬか。そのほうがあやしい。」

というわけで、友益老人が念を入れてくれたところを、若者たちはさっそく掘りはじめた。今すぐにでも長者になれそうで、みな浮きうきしていた。黄金は土の中でも変質はしないし、腐蝕《ふしょく》もしない。つまり埋めたときの輝きのまま出てくるというので、みなその瞬間を想像してはぼうっとなるのであった。

「むやみに掘っても財宝は出ねえべ。ためし掘りして、土の色を見んべや。かわってねえようならいじってねえ証拠《しょうこ》だ。その下には宝はねえぞ。」

「さぐり棒つっこんで見ろや。つっかえるようなら、何かある証拠だべ。」

穴を掘るということは、大変な重労働であった。ひとり、井戸掘りの見習いがいたから、指図はその人に任せたが、五、六尺（一尺は約三十センチメートル）までは誰でも掘れる。そこからは一尺ごとにきつくなった。第一、穴が狭いから鍬《くわ》の操作も不自由であった。少し土が溜まるともっこに詰めて、いちいち引きあげてもらわなくてはならない。

それでも二つも穴を掘ると、意外なくらい土の山ができた。

「おーい、石があったぞ。これ以上は掘れねえよう。」

「何、それこそ宝の上にのせてあるじゃま石にちげえねえ。そいつをのけたら金無垢の茶釜の入《へえ》った長持《ながもち》かなんかが出てくんべ。」

五、六人がかりで大石を引っぱりあげたが下には長持のある様子もなかった。

若者たちのやっていることは、たちまち村じゅうに知れ渡ってしまい、「そんなもんあるわけねえ」と笑ったり、家業を怠《なま》けると叱《しか》ったりした。

ところがこんどは友益老人までが乗り出してきて、自分も掘ってみるといった。家の者は半信半疑であったが、どうせ、隠居のことだし、暇つぶしにはなるし、健康のためにもと思って止《と》めなかった。

「友益さんまで出張《でば》ってくんじゃ、ほんとうかもしんねえ。」

「うん、そういやおらあ思いあたることがある。おらっちのばあちゃんがいってたけんど。」

いつのころのことか、時代ははっきりしないが、武士が長持を運んできて、村の者に穴を掘らせ、埋めさせた。そのとき穴掘りをした者は殺されたんだか、どうだか、誰ひとり帰ってこなかったというのであった。

「じゃほんとうかもしんねえ。そいつはてえへんだ。友益さんに儲《もう》けられちゃつまんねえ。」

田畑を放り出して諏訪山に駆けつける者もあった。

「ほれ、縄を出せ、鍬をもってこい。龕灯《がんどう》だ。」

むやみやたらに掘っくり返し、二、三尺も掘ると、何も出ねえと、すぐその脇に移る者もあった。若者の掘り出した土の山をかき回す者もあって、諏訪山も時ならぬ賑《にぎ》わいになった。

みんな目を血走らせ、どこかでかちんと鍬の刃のこぼれる音がしようものなら、さては……と、殺気立つのであった。

結局何も出なかった。となると、ひとり減り、ふたり減りして、みな山を降りていった。穴だけいくつも残ったが、名主《なぬし》に叱《しか》られて、若者組が埋めさせられることになった。穴から出たはずの土が、その穴に入りきれず、いくつも土の山が残った。

山を縦断している通り道、諏訪坂といっているが……のあちこち、くぼみができ、手車《てぐるま》を押して通ると、がたんと引っくり返るし、足を突っこんで、くじいたぼていふりもいて、若者をけしかけた友益老人は、しばらく恨まれたそうだ。


ところで、諏訪山には本当に何も埋まっていなかったのだろうか。隠し財宝といえるかどうかは別にして、出たことは出たのである。

隠し財宝の熱も冷めてからのことであったが、寺尾村の重左衛門《じゅうざえもん》のところの男衆《おとこしゅう》の吾平《ごへい》が、

「諏訪山の枯れた松の根っこでも掘りあげてこい。」

と、命ぜられてやって来た。松の根は油があるし、松明《たいまつ》としてもよく燃えて明るい。囲炉裏《いろり》にくべても火持ちが良くて重宝《ちょうほう》だからだ。

この吾平というのは、のろくて、何をやらせても満足にできない。たぶんこのときも屋敷をうろうろしては邪魔になるばかりで、諏訪山に追いあげられたらしかった。融通《ゆうずう》が利《き》かな

い代わり、根気はいい。いいつけられた通り、ひたすら松の根を掘り続けた。

ふつうだったら、いい加減なところで鋸《のこぎり》を入れたり、斧《おの》で叩き割ったり、細かくして掘り出すのだが、吾平は違った。丁寧に松の根の広がりをたどって、ひげ根一本一本の土を拭《ぬぐ》うように掘っていった。

命令した重左衛門もすっかり忘れたころ、

「だんな、掘りましただ。見てくれろ。」

と、吾平がやって来た。少々驚きながら諏訪山へ行ってみると、巨大な穴があり、その中にひげ根一本落とさずくっつけた大きな松の根っこ、ちょうど独楽《こま》のような形のそれが、ころんと寝ていた。

苔《こけ》の一念というが、これはまた何という根気の良さだろうか。とてもふつう人のできることではない。

そして、そのとき穴の壁の途中に石の棺《かん》が引っかかっていたのである。中には人骨、鈴、玉類《ぎょく》、矢じり、埴輪《はにわ》が入っていた。これらは今、上野の博物館にあるそうだ。

さて、巨大な独楽の格好の根だが、どうやって地上に引っぱりあげただろうか。今だったらクレーンという便利なものがあるから、何でもないだろうが……。

重左衛門はまず片方に土を落とし、その上に松の根をごろんと転がした。そして反対側にどさどさ土を落とし、ごろんとその上に乗せる。これを何回もくり返し、あっちへごろん、こっちへごろん……、そして地上に持ちあげたそうだ。

安芸《あき》様屋敷

鶴見川の川っぷちに、浅野家の別邸があった。もっともできたのは明治二十五年四月で、それが四十四年三月の大火で燃えてしまったから、建っていたのは二十年間のことであった。浅野家といえば、安芸《あき》（広島）四十二万石の殿様だったから、鶴見の人たちは、ここを〈安芸様屋敷〉といっていた。ついでだからいえば、忠臣蔵で有名な播州赤穂《ばんしゅうあこう》の浅野家の本家にあたる。

〈安芸様屋敷〉は広大な敷地で、築山《つきやま》あり、芝生《しばふ》あり、池、小川ありの回遊式の庭園になっていた。築山には広島からわざわざ運んできた赤松、黒松、五葉松《ごようまつ》が植わっていたが、入念な手入れの結果なのか、もともとそういう木の性質なのか、根あがりになっているのがあるかと思うと、惚《ほ》れぼれする枝ぶりのもあって、みごとな眺めであった。が、何といってもすばらしいのは、水の配置で、鶴見川の水を引きこみ、片方から流れ出すようになっていた。築山の陰になっているが、風流な名のついた橋も掛かっていた。その下には舟着き場もあって、釣り舟がもやっていた。

最後の殿様、浅野長勲《ながこと》は釣りが好きだったので、ちょいちょいこの別邸に来ては、ここから川に出、海に出ていって、釣りを楽しまれたらしい。

そんなことしなくても、満潮のときには、指の太さくらいの海老《えび》とか、鱸《すずき》、ときには鯛《たい》なんかが池に迷いこみ、はねることがあった。

冬は鴨とかオシドリが渡ってきて棲《す》みついたし、嵐で海が荒れたときなどは百合鴎《ゆりかもめ》が難をさけていることもあった。

母屋《おもや》は茅葺《かやぶ》きのどっしりした平屋だが、邸内のあちこちに、なんとか亭、かんとか庵《あん》など、名のある茶室や、月見とか虫の音を聞くための四阿《あずまや》があった。

鶴見にこの安芸様屋敷ができたというのも決して偶然のことではなかった。かなり前から、この殿様はこの地に縁があったのである。


話はさかのぼるが、文化、文政、天保《てんぽう》といったころ、浅野家の釣り舟を預かる船頭の家が海岸にあった。

そのころの殿様は第十一世松平斉粛《まつだいらなりたか》といった。どうして浅野といわず、松平を称していたかというと、将軍から松平の姓をもらったからであった。浅野家は明治になって幕府が瓦《が》解《かい》し、安芸藩も廃せられてから、もとの姓に戻った。名前の斉粛というのも、十五歳で元服したとき、将軍に初めて謁見《えっけん》し、家斉《いえなり》の斉の字をもらったものであった。

この殿様は、母は有栖川織仁親王《ありすがわてるひとしんのう》の姫君、夫人がこれまた将軍の第二十四女の末姫《すえひめ》というのだから、何とも大変なものであったが、あるいはそれが窮屈《きゅうくつ》だったのではないだろうか。

参勤交代で江戸に出てくると、ときどき行方不明になった。といっても、この殿様別に放浪癖《へき》や夢遊病があったわけではない。供《とも》を二、三人連れて、馬でお忍びの遠乗《とおの》りをするのであった。打裂羽織《ぶっさきばおり》に馬乗り袴《ばかま》、陣笠《じんがさ》といった出立《いでた》ちで、お供もまた同じ格好であった。

お好きなコースは、近いところで目黒、飛鳥山《あすかやま》、あるいはもう少し足を延ばして大師河原《だいしがわら》(川崎)であった。その折は休み茶屋をひと間《ま》借りておいて、ひと休みすると、また馬を並べて、霞ケ関《かすみがせき》の本邸へ帰るというのが、この謹厳《きんげん》な殿様のささやかな気晴らしであった。行き先もわかっていたから、家中《かちゅう》の者たちも心得ていて、別に騒いだりはしなかった。

あるとき、いつもいつも大師河原の腰掛《こしかけ》茶屋ばかりも興《きょう》がないと、もう少し先の鶴見の海べりまで出、釣り宿に立ち寄った。

ここは普段は漁に出ているが、客があれば網舟《あみぶね》を出すところで、舟も二艘《そう》、若い船頭も一人雇ってあった。

「このながめは安芸の海に似ておらぬか。明るくて穏やかではないか。あるじ、釣り舟があるか。海へ出てみたい。」

ついてきた家臣は驚いた。そのころ幕府の取り決めで、大名は川遊びも、舟に乗ることも禁じられていたからであった。海は穏やかに見えても、いつ風や波が立つかわからない。もしものことがあったら……、遠乗りで朱引《しゅび》きの外に出たのとは訳《わけ》がちがう……と、気が気ではなかった。

「なあに、ハゼくらいでしたら、そのへんでとれやす。秋口はまだ沖へ行っていやせん。」

船頭は、青くなっている家臣をまずなだめた。

「舟はひっくりかえらぬか。」

家臣たちはなかなか納得できないらしかったが、そのたびに船頭は潮焼けした顔をほころばせては、

「だいじょうぶでがす。」

と、うなずくのであった。

鯊《ハゼ》は初心者ほど釣れるというが、一行はただ竿《さお》を船べりから伸ばしているだけで、半分は当たりを逃《の》がしたし、「来たぞ」と、あげたときには、大概《たいがい》餌を取られていた。

「ぶるるっときたときは、もうおそいんでがすよ。さおの先がいくぶんもたれたとき、そこでやす。そいつがこつで……、へえ。」

船頭は舟を停《と》めて、舳先《へさき》でかしこまって殿様の釣りを眺めていた。

そのうち不思議なことに、殿様だけが釣れ出した。家来たちは遠慮して釣りあげないいつも

りだったのか、あるいは舟が引っくり返ったとき、どうやって殿様を背負って岸に泳ぎ着くか、その算段ばかりしてたのかも知れないが……。

これでは殿様も気分がいい。そのうえ、船頭が時分どきをはかって、舟の上でてんぷらを料理しはじめた。汚いこんろ、すすけた鍋、欠けてこそなかったが、安手《やすで》の皿に載ったてんぷらであったが、これがたいそう御意《ぎょい》に召した。それはそうだろう。遠乗りの後《あと》、秋の強い陽《ひ》をいっぱいに浴び、潮風を吸って一時《いっとき》(二時間)も釣っていたら、お腹も空《す》くはずだ。

そのころ、殿様の食事といったら、前日、金の板に献立が書かれて、台所奉行から廻《まわ》ってくる。文句をいうと、三太夫《さんだゆう》やら台所の連中が大騒ぎするので面倒臭い。そこでいい加減なところで、「それでよし」ということにする。その献立が出てくるのだが、まず台所奉行の毒味、それから近習《きんじゅう》の毒味という具合だから、殿様のところへ来るころは冷めてしまっていた。

そういうわけで、揚げ立てで、小麦粉の衣《ころも》もべたつかない、しゃきっと揚がった鯊《はぜ》は御意にかなうわけである。船頭が舟ばたからひょいと手を伸ばしてすくった皮剥《かわはぎ》は味噌汁になって、これまた良かった。それからはいわゆる病《や》みつきで、遠乗りはもっぱら鶴見に決まった。この釣り宿には、〈安芸様御船〉というのも一艘増えて、いつももやうことになった。

この殿様はどういう理由だったのか、まだ四十一歳、これからという働き盛りに、嫡子《ちゃくし》の慶熾《よしてる》に封《ほう》を譲って、自分はさっさと隠居《いんきょ》してしまった。そしてお国の広島城の三の丸にいたので、〈三の丸様〉と呼ばれた。

第十二世の慶熾《よしてる》というのは、そのとき二十三歳、夫人は尾張《おわり》（愛知県）の徳川家から来た利姫《としひめ》であった。ところがこの殿様は家督《かとく》を継がれてお国入りしたとたん、病気になり、その年のうちに亡くなってしまった。それこそ半年もたっていなかった。まだ世継ぎもいなかったから、これはひと騒ぎであった。早く誰かを見つけて立てなければ、お家《いえ》断絶で、取り潰しになってしまう。

そこで分家の千之進《せんのしん》というのが継ぐことに決まった。いわゆる江戸詰めの定府《じょうふ》の一家で青山に屋敷があった。徳三郎《とくさぶろう》、万五郎《まんごろう》などの弟たちがいて、みな長兄の千之進にかかる部屋住みであった。この兄弟たちが入れ替わり、立ち替わり鶴見の釣り宿へやって来ては、舟を出させて遊んでいくのであった。

広島ではもちろんのこと、江戸の屋敷でもかなり厳格で、大声一つ出せなかったらしい。遠乗りに出てしまうと、にわかに締めつけられたたがが外れるのだろうか。かなりみな勇ましく、腕白《わんぱく》になった。

ある年、喜代槌《きよづち》という少年が初めてみんなの後ろにくっついてやって来た。喜代槌《きよづち》は後は、千之進改め長訓《ながみち》の養子になることになっていたが、この年初めて広島から出てきていた。

当時十二歳、ふっくらした幼な顔の残る、おっとりした少年であった。伏目《ふしめ》になり、すぐ頰を染める少女のようで、そこが江戸住まいの生意気盛りの叔父やいとこたちはついいじめたくなるらしかった。今回も喜代槌《きよづち》を遠乗りに連れ出し、ついて来られず、音《ね》をあげたところをからかってやろうという魂胆《こんたん》があったようだ。

しかし喜代槌《きよづち》はとうとう乗り切って、釣り宿の前に馬をつけたときは、むしろ年上のみんなよりも平然としていた。息さえ乱れていなかったから、これでは当てが外れた。

実は喜代槌《きよづち》少年の広島の実家というのがこれまたたいそう厳格で、馬術のほうもみっちり稽古《けいこ》をさせられていたのであった。他の連中はそれを知らなかっただけのこと。

暴れん坊の若様たちは、海辺で焚《た》き火をさせ、

「馬も火をおそれては戦《いくさ》はできぬ。ひとつ馬をしこもうではないか。」

と、火の中に乗り入れさせたりした。馬は火が恐い。だから焚き火まで来ると、突然止まって、乗り手を火の中に落としたり、前足をあげて、砂浜に転がしたりした。

そのときも喜代槌《きよづち》は、「はっ」というかけ声も爽《さわ》やかに、高くあがった炎の中を、馬もろともくぐったので、みなすっかり鼻白《はなじろ》んでしまった。

「釣りばっかりではおもしろくない。きょうは舟はよそう。山の手に行って、鳥をつかまえよう。」

釣り宿の主《あるじ》の飼っている鶯《うぐいす》の籠《かご》を無理やり持ってきて、木の枝に吊るし、おとりにした。

「ほれ、うたえ。早くさえずれ。」

「鳴かぬか。殺してしまうぞ。」

腕白公子《こうし》たちは、籠を揺すぶったり、竹ひごの柵《さく》の間から指を突っこむので、鶯は怯《おび》えて、ばたばたやるきりで、役に立たなかった。

「しょうがない、ウグイスのほうはあきらめてスズメにいたそう。」

その雀捕《すずめと》りというのが、また変わっていた。まず林の中に穴を掘った。そして釣り宿の六歳になる小さな娘、おでこで赤っ毛のおかえを裸にして、泥をなすって、穴にしゃがませた。手、これも泥塗りだったが……を突き出させ、その上に米粒をおいた。

「いいか、おかえ、おまえは地面だ。おまえは泥なんだぞ。わかったな。おかえ。」

「……………」

「やい、おまえはなんだ。」

「おかえちゃん。」

「ちがう。何がおかえちゃんだ。おまえは地面だ。わかったか。」

「……………」

「やい、おまえはなんだ。」

「…………地面。」

「そうだ。それでいいんだ。スズメが米粒をつつきに来たら、つかまえるんだぞ。」

おかえはいわれた通り、じっと手を伸ばしたまま、うずくまっていた。

「われわれがここにおっては、スズメも用心しておりて来ぬぞ。むこうに行っていよう。」

しかしそう簡単にスズメが来るわけがなかった。二、三度のぞきにきては、

「やい、おまえが動いたんだろう。」

と、おかえを小突《こづ》いた。

「いいか、おかえ、地面がごそごそ動くか。動かないな。じゃ、じっとしていろ。」

どうも雀捕りもうまく行かなかった。とうとう夕刻になったので、若様たちはあきらめて、引きあげていった。

だいぶ行ってから、ひとりがいった。

「あれっ、喜代槌《きよづち》がついて来ぬぞ。やはり遠乗りは無理だったとみえるな。少しここで待つとしよう。」

「なあに、かまわぬ。帰ろう、帰ろう。」

「しかし、喜代槌《きよづち》がまよったら、父上にしかられるぞ。」

そこで六郷《ろくごう》の渡しまで来て待っていると、喜代槌《きよづち》は馬を飛ばしてきた。実は夕風の中で凍《こご》

えそうになっていたおかえを穴から出してやり、泥を拭《ふ》いて、釣り宿まで送ってから、追いかけてきたのであった。

喜代槌《きよづち》とおかえは、その後長いこと会えずにいた。それは喜代槌《きよづち》が長訓《ながみち》の養子になったとたん、長訓《ながみち》がこんどは宗家《そうけ》を継ぐことになったからであった。当然、喜代槌《きよづち》も本藩《ほんぱん》に入ることになり、もう定府の気易《きやす》さがなくなり、鶴見へも出て行かれなくなってしまった。

しかしおかえは、その間もこの優しい若君のことを忘れなかった。

何年かたったある日、喜代槌《きよづち》、そのころは長勲《ながこと》と改名していたが……は、久しぶりに馬に乗った。無意識に馬の鼻を西に向けていた。六郷を渡り、川崎を過ぎ、鶴見に着いた。そして気がついたら、昔叔父たちと立ち寄った釣り宿に着いていた。

そこには少年の日の、そっくりそのままの明るい海と砂浜があった。干した網《あみ》の数や、位置まで変わっていなかった。ただ、そこには甲斐甲斐《かいがい》しく、釣り客のために舟に茶道具など積みこんでいる娘がいた。あのときいなかったのに――。

するとその娘はふり返り、目を見張って立ちすくんだ。

「安芸様の若様。」

と口の中でつぶやいたが、娘はまだそれが本当のことには思えぬようで、まじまじと見つめていた。長勲《ながこと》は娘の視線がまぶしくて、どこを見たらいいかわからない。馴《な》れなれしい失敬な奴だと、むっとなっていた。

「おかえでございますよ。ほら、スズメとりをしてた……」

長勲《ながこと》が娘をのぞきこむ番であったが、突然「あっ」と叫んだ。泥まみれになって、泣きじゃくっていた、おでこで赤っ毛の幼女がよみがえってきた。

それと同時に、糸を手《た》ぐり出すように、気ままで腕白だった若い叔父やいとこたちが思い出された。今はみんなそれぞれ、役についたり、住む家が違ったりして、滅多に会うこともなくなってしまったが……。

しかし、ここに来ると少年の日が残っていそうだ。若い長勲《ながこと》は急に心が弾《はず》んできた。

「舟は漕《こ》げるか。」

「……………」

おかえはぼうっとなっていて、一瞬、何をいわれたのか、わからなかった。

「おかえ、櫓《ろ》はあやつれるのか。」

「は、はい。」

あわてて返事をしたが、見るみる赤くなった。若い長勲《ながこと》は赤毛でおでこの印象しかなかった幼女が、美しい娘になっていることに初めて気づいた。

「海へ出てみよう。な、おかえ。」

「は、はい。」

舟を漕ぐくらい何でもないはずなのに、きょうのおかえはどうかしていた。舟は左右に揺れるし、同じところをくるくる回るし、櫓が滑って、何度も水をはねかした。

「どら、かわろうか。」

長勲《ながこと》は笑いながら立ちあがったが、その途端また舟が大きく揺れ、長勲《ながこと》は倒れそうになって、やっと舟ばたに手をついて支えた。

「あ、申しわけありません。」

「いいよ、いいよ。漕がなくても。少し舟を流しておこう。それよりおかえの話が聞きたい。毎日、何をしているのだ。」

「は、はい。」

話をしてくれといったのは長勲《ながこと》のほうなのに、身の上話をはじめたのは長勲《ながこと》で、おかえは聞き役であった。おかえの想像もできなかったお武家様、それも身分高い大名家の日常、武術の稽古や学問の話……。あんまり境遇《きょうぐう》が違いすぎるから、おかえには現実の感じがなかった。

それよりも舟が少しづつ沖へ向かって揺れだしたのが、おかえにはわかった。そろそろ戻らなければ……。

「洲河原《すがわら》（川崎大師の参道）の桃がきれいだった。おかえは行ったことがあるか。」

「い、いいえ。」

いつのまにか遠乗りの話になっていた。おかえは櫓を漕ぐのを止めて、また聞き入った。
二、三度続けて遠乗りにきたが、その後長勲《ながこと》は本当にもう鶴見に遊びに来ることはできなくなってしまった。
最後の殿様は幕府の瓦解に出会い、安芸藩もまた廃せられ、大変な激浪にもまれたわけだが、ひたすら生きて、どうやら落ち着いた日、長勲《ながこと》は鶴見の海を思い出した。そして老後をそこで過ごそうと別邸をつくった。もちろん、そのころはまだ生活を全部移すわけには行かない。その代わりしょっちゅうやって来て、釣り舟を出させた。

安芸様屋敷は藤森稲荷《ふじもりいなり》に行く近道になっていたから、鶴見の人たちはよく珊瑚樹《さんごじゅ》の垣根の脇を通った。そして、よく殿様が舟を出されるのを見かけたそうだ。

さて、明治四十四年三月、鶴見は汽車の煙突から出た火の粉《こ》から大火事になり、安芸様屋敷も全焼してしまった。

長勲《ながこと》の口述による自伝には、その夜本郷《ほんごう》弥生《やよい》町の本邸に老婦人の声で電話があったとある。

「お屋敷が燃えています。鶴見の安芸様屋敷が……。ああ、いま、松が火を吹いています。あっ、お屋敷にも火がうつりました。」

気違いのように叫ぶきりで、いくら名を尋ねてもいわなかったそうだ。

私はその老婦人というのは、もしかしておかえではなかったろうかと思った。何だがそんな気がする。あまりに月並《つきなみ》な新派調《しんぱちょう》の勘ぐりであろうか。

紋蔵《もんぞう》の災難

文政七（一八二四）年八月、鶴見では村はじまって以来、最初の縄つきを出してしまった。名主《なぬし》の佐久間家には、鋳掛《いか》け屋の紋蔵《もんぞう》が贋秤《にせばかり》をこしらえて、召捕《めしと》りになったときの始末書が残っている。時の代官中村八太夫《はちだゆう》に宛《あ》てて書いた、「おそれながら書付《かきつ》けをもって願い上げ候《そうろう》」という一札《いっさつ》の写しであった。

秤の偽造は贋金《にせがね》づくりに次ぐ重罪だったから、鶴見ばかりでなく、近隣じゅう大騒ぎになった。たとえば生麦村の名主、関口家の日記にも、次のように出てくる。

文政七（一八二四）年八月七日　丁酉《ひのととり》　晴天

鶴見村借家紋蔵にせばかりこしらえ候。

御裁許《おさばき》にて、中追放欠所《ちゅうついほうけっしょ》につき、鶴見村に参る（関口藤右衛門《とうえもん》が）。中村（八太夫）様手代湯原秀助《ゆはらひですけ》様まいられ候。

一百文　小遣《こづか》い出す。

紋蔵は所払《ところばら》い（中追放・欠所《けっしょ》）で済んだが、ふつう贋秤の罰は〈引回《ひきまわ》しの上獄門《ごくもん》〉に決まっていた。贋金づくりの場合は〈引回しの上はりつけ〉だから少しは軽いが、だいたい死罪を宣告される。

贋の秤をつくったわけではなくても、風袋《ふうたい》に砂を入れて、そうめんを計り、ごまかして売った男がいたが、死罪で、家財道具は没収、妻子は親類預けになった。

もっとも紋蔵に科せられた〈中追放〉とは追放刑のなかでも重いほうから二番目であった。軽い順にいうと、門前払《もんぜんばら》い、所払い、江戸払い、江戸十里四方《じゅうりしほう》払い、軽《けい》追放、中追放、重《じゅう》追放となる。

中追放は、紋蔵の住んでいた鶴見はもちろん、武蔵《むさし》（東京）、山城《しましろ》、摂津《せっつ》、和泉《いずみ》、大和《やまと》（以上近畿地方）、肥前（佐賀・長崎）、東海道筋《すじ》、下野《しもつけ》（栃木）、日光道中、甲斐、駿河《するが》が御構地《おかまいち》となって、居住することも立ち入ることもできないのであった。人別帳《にんべつちょう》から外され、いわゆる無宿者《むしゅくもの》になるわけで、これでは生きていくことすら難しい。やはり厳罰であった。

紋蔵が鶴見にやって来て、鋳掛け屋をはじめたのは、二十一歳のときであった。もともと鶴見の生まれであったが、三歳になるかならないかで、母親が死んでしまったので、八王子の在《ざい》に里子《さとご》にやられた。

「おっかさんの姉さんが八王子にいたっていうんだがよ。おいらのいったうちはべつだん、そんなつながりがあったとは思えねえ。」

と、これは紋蔵がときどき自分でも首を傾《かし》げながらいう身の上話であった。つまり、親類とは思えない冷たいあしらいだったといいたかったのかもしれなかった。

そして十歳のとき、鋳掛け屋の忠助《ちゅうすけ》のところに弟子入りさせられた。弟子といったって、手伝いの小僧であった。

「年季をつとめあげて、道具一式、法被《はっぴ》に帯、麻裏草履《ぞうり》を親方にもらってきやした。」

と、紋蔵はいっているのだが……。

紋蔵は三家《さんや》（鶴見の地名、鶴見橋のきわ）の清兵衛《せいべえ》の店《たな》を借りることができた。そこのおかみさんが紋蔵を覚えていてくれた。そして母親どころか、いまは父親も死んでしまってひとりぼっちになった紋蔵を哀れがってくれた。

「あたしゃおまえさんの生まれたときを知ってるよ。ちっちゃくってさあ。そういっちゃなんだけど、猿みたいだったよ。」

そして、つくづく紋蔵をのぞきこむと、

「幼《おさ》な顔はのこってるね。」

といった。これには紋蔵も参ったが、悪いのは口だけで、根は優しくて世話好きであった。

商いにもついてきて、

「ちょっと、あんたんとこ、なべの直しなんかないのかい。出してやっておくれ。」

と、宣伝してくれた。

だいたい新しい人が村に入りこんで来るのをみんなは警戒するものだ。しかし紋蔵は割合い早くなじむことができた。もともとここで生まれたということが、村の人の心をほぐしたこともあったし、清兵衛のおかみさんの肩入れのせいもあった。しかし、何より本人が懸命に務めたからだ。

紋蔵は、赤土で焼きあげた小さなるつぼと、火を起こすふいご、それに炭などを長い天秤《てんびん》で担ぎ、注文を取って廻《まわ》った。そして農家の軒下《のきした》とか、お宮の境内《けいだい》で店を広げるのであった。

鋳掛けのやり方はこうだ。

炭の上においたるつぼの中に銅を入れる。銅といっても紋蔵は寛永銭《かんえいせん》（一文の銅銭）を使ったが、そこに少々鉛《なまり》を削りこんだ。溶けて液状になるのを、鋳掛け屋仲間では〈湯を沸かす〉といった。

さて、穴のあいた鍋の内側を、砂を布海苔《ふのり》で固めたやすりでよくこする。焦《こ》げつきとか錆《さび》のでこぼこがあると、うまくつかないからであった。そして外側から粘土を当てておいて、るつぼの湯で穴をふさいだ。

冷えを待ってから、粘土を剥《は》がし、松脂《やに》とか油雑巾《あぶらぞうきん》で磨いてでき上がりであった。

この鋳掛け自体は大した技術がいるわけではなかった。その細工よりも、注文取りのほうが難しい。その点紋蔵は身軽く片《かた》っ端《ぱし》から門かどをのぞき、結構仕事をもらってきた。

「おいら見かけどおり小がらでね。鋳掛け屋の天秤がまた七尺五寸（約二・三メートル）はある。ふつうのより長いんでやしょう。〈出すぎ者〉のたとえにもつかわれるくらいでね。よくあの長いのをかついだもんだ。おいらの仕事は注文とりとふいごの火おこしだった。親方は無口でめったに口きかなかったね。だからはなはその気性のみこむのが骨でやした。あごで合図すんだよ。それが、そこの道具よこせなんだか、なべおさえてろか、わかんねえでね。」

紋蔵は村のおかみさんたちに聞かれるままに、八王子での話をよくした。これも顔を売る努力の一つだったと思う。

「親方んとこはもともと百姓でね、おいらも株切り、荒田《あらた》おこしに草とりと辛《つれ》え仕事もしなくちゃなんねえ。鋳掛けに出るのは、田んぼのひまなときでやすがね。外まわりがはじまると、このおいらがすこし太ったくれえだ。」

それだけ外廻りのほうが、体が楽ということだろうが、紋蔵の性《しょう》に合っていたこともあるだろう。

「紋さん、どうして鶴見に帰ってきたのさ。八王子でうまくやってたんだろう。お得意もあったろうにさ。何かあったのかね。」

「何かなんて……、あるわけねえですよ。でもおいら、生まれた鶴見に帰《けえ》りたくって。」

紋蔵は生まれたというところを強調した。

「そりゃ忠助親方は、近くにお店を借りてやるといってくれやした。でもおいら、ここにきたかった。生まれたところだもの。」

紋蔵は唇の端をきゅっと噛んだ。胸に疼《うず》くものを堪《こら》えるように……。そのしぐさがおかみさん連《れん》にぐっと来るのを、ちゃんと承知していたから。

しかしおかみさんたちは、そんな通りいっぺんの並みの話じゃ不満なのだ。嘘でもいいから、もっと哀れな物語を聞かせてほしかった。あるいは、本能的に紋蔵の過去、紋蔵が隠している何かを感じていたのだろうか。


代官の中村八太夫の手代《てだい》、湯原秀助の使っている岡《おか》っ引《ぴ》きに儀之助《ぎのすけ》というのがいたが、たびたび村むらを廻《まわ》ってきた。管轄の中で不隠《ふおん》な寄り合いがないか、不平不満の声がないかを探るのが役目で、当然ながら、村では煙《けむ》ったがられる存在であった。

ある日儀之助は村のおかみさん連に取り入っている紋蔵に目をとめた。

「やつは何者だい。」

「へえ、ここで生まれたんですが、そのまま里子に出され、こんど帰《けえ》ってきやした。」

「渡世《とせい》は鋳掛け屋か。」

「へえ、なんでも八王子で修業したそうで。」

「そうか。」

儀之助は紋蔵のことを、「どうもいけすかないやつだ」と、思った。弁が立ち、人気者になっているだけで小憎《こにく》らしい。自分が通ると、警戒するような目をする村の人たちがよそから来た紋蔵には心を許しているようなのが面白くなかった。

「八王子だと。ふーむ、よし、何か見つけだしてやる。やつをはめるにゃ手間ひまかからぬ。」

そこはさすがに代官所に出入りする岡っ引きだけあった。たちまち八王子の鋳掛け屋忠助が秤座《はかりざ》の御用達《ごようたし》となり、秤の重りをつくらされていたことを嗅《か》ぎ出していた。そしてそこに紋蔵がいたことも。

秤座というのは、江戸と京都にあり、日本全国の秤を取り仕切っていた。文化、文政ごろになると、秤を必要とする小商人《こあきんど》が増え、江戸秤座だけではこの辺の秤がまかなえなくなった。そこで方々《ほうぼう》に支所ができた。八王子もその一つであった。

秤といっても、竿秤《さおばかり》のことで、竿は専門の竿師につくらせた。蘇芳《すおう》の材がいいそうだが、これは輸入木材で数が足りず、黒柿《くろがき》とか赤樫《あかがし》に決められた。それを磨くのにも、猪《いのしし》の牙《きば》で削り、木賊《とくさ》で磨き、数珠玉《じゅずだま》をたくさん縫《ぬ》いつけた布でしごき、さらに蠟《ろう》雑巾で仕上げをした。さげる緒はないお師がいて、麻を綯《な》ってつくった。金具は飾り職人にさせ、重りは鋳掛け屋にさせた。

八王子には鋳掛け屋が忠助だけであったので、当然重りづくりは忠助に回ってきた。忠助としたら、いわなくてもいい世辞やご機嫌取りのいる注文取りで、顔の引きつる思いをしなくてもいいのは、正直いって助かった。もっとも、それだって今までは紋蔵に任せてきたが……。もう一つ、注文取りに廻っても、仕事があるかどうかわからないのに、重りづくりは材料お上《かみ》持ちで、仕事が切れないのはありがたい。

そのうち秤座では小僧の紋蔵にも、外廻りを止《や》めて重りづくりをやれといってきた。そうしなければ急激に増えた秤の需要がまかなえなかったのだろう。

何日かたったある日、木の下で鉄瓶《てつびん》のひび割れを継いでいた紋蔵の前に、岡っ引きの儀之助が立った。

「紋蔵、精《せい》が出るじゃねえか。」

「あっ、こら、親分ですか。」

紋蔵は顔をあげた。

「知ってるぞ。おめえ、八王子でおもりをつくっていたってな。」

紋蔵の顔がゆがんだ。そのことだけは知られたくなかったのだ。八王子にいられなくなった本当の訳《わけ》は、その重りづくりにからんで起こった、ある事件からだった。

重りは真鍮《しんちゅう》か唐金《からがね》で、鋳型《いがた》に入れて吊り鐘《つがね》形につくった。分銅《ぶんどう》で厳密に重さを計って、やっと合格になる。そのときは必ず秤座の役人が出張《でば》ってきて、監督をした。

そのときの係りが伊三郎《いさぶろう》という手代であった。伊三郎はいつも眉《まゆ》を八の字に寄せ、静脈を浮かせているような人で、見かけ通り、神経質で小うるさかった。

秤はお上《かみ》からの預かりものだからと、仕事の途中で下においたり、轉《ころ》がしたり、それをうっかりまたいだりすると、厳しく咎《とが》められた。

口重《くちおも》で、動作のにぶい忠助や、反対にすぐ人の顔色を読む紋蔵はいちいち伊三郎の癇《かん》にさわるらしかった。辛辣《しんらつ》で、棘《とげ》のある小言《こごと》がたび重なると、忠助のほうはさすがに大人で顔色を変えたりしなかったが、若いだけに紋蔵はすぐかっとなる。悔しさに逆上して赤くなってきた。

第一狭いところで座り詰めの作業が得手《えて》ではない紋蔵は、それだけで息が詰まっていたのだから。

そればかりではなかった。八王子の秤座は、江戸の本座に季節、季節に挨拶をしなくてはならなかった。そのときは、たとえば春には小仏峠《こぼとけとうげ》の蕨《わらび》を何把《わ》とか、多摩川の鮎《あゆ》、秋川の岩魚《いわな》をいく籠《かご》、秋には甲州松茸《まつたけ》をいく籠というふうに進物《しんもつ》がいった。それを採《と》らせられるのが紋蔵たちであった。

小仏蕨といっても、何も小仏峠まで行かなくても、裏山に行けば採れる。それを摘《つ》んでくるのであった。

紋蔵は立春の日山焼きした尾根に出た。黒く炭になってる草の間から、蕨がついつい出ていた。たちまち籠にあふれるほど採れたが、何だかこのまま帰るのが惜《お》しかった。帰れば、あの薄暗いところで一日じゅう重りをつくらなくてはならない。

ちょっとのつもりで、紋蔵は草の上に寝ころんだ。ぐうっと手足を伸ばすと、手足の節《ふし》が音をたてた。いつも座り詰めだったからだろうか。春の日射しの温もりは何とも気持ちがいい。どのくらいたったろう……。

「おい、紋蔵。」

と声をかけられ、はっと目を開けた。何と秤座の手代の伊三郎であった。次の罵声《ばせい》に備え、紋蔵は座りなおした。ところが、伊三郎は何もいわない。青くかすむ遠い山を見ていた。

「いい日和《ひより》だな、紋蔵。」

「…………」

「どうだ、仕事はつらいか。」

いつもと違うので、紋蔵は返事に詰まった。いつがらっと変わるかわからない。紋蔵は上目づかいで伊三郎のほうをうかがった。

「なあに、わかってる。仕事に不満があるな。」

「い、いいえ、そんな……」

「はげめよ、紋蔵、おまえの仕事は手ぎわがいい。技は忠助より上かもしれねえ。」

「…………」

何とも薄気味《うすきみ》が悪かった。その上、あろうことか伊三郎は紋蔵の手に一朱銀《いっしゅぎん》をにぎらせた。

「顔色がよくねえぞ。これで何か食え。」

紋蔵は口を開けたまま、ぼんやりしていた。あの伊三郎が……となかなか信じられなかったからだ。しかし伊三郎のほうでは下心があったのだ。きょうの蕨採りに紋蔵がここに来ることも知っていて、時間を見計らって追ってきたのも、ちゃんと目論《もくろ》んでのことであった。

次の日は、もうもとの伊三郎に戻って青白い頬をぴりぴり引きつらせていた。

「やい、紋蔵、こい。」

「せ、先日は、あ、ありがとうございました。」

「よけいなことはいわんでいい。ついてくりゃいい。こんどはおいらのほうでおめえにたのみがある。」

「へえ、なんでもいたしやす。」

紋蔵はこびるような目で伊三郎をふり仰いだ。そのとき伊三郎のいい出したことはとんでもないことであった。

「十個分のおもりの材料で、十一個つくれ。」

秤は秤座の極印《ごくいん》を押されたものしか使えない。重りの場合、鋳型からちゃんと押されて出てくるようになっていた。だからその重りが横流しされても、ちょっと証拠はつかめなかった。

商人たちも秤座から正式に買うより、いくらか安ければ飛びつく。伊三郎は丸儲《もう》けになる。そこに目をつけたのである。

「いいか、鉛をすこし多くすりゃ、その目方はかわらねえで、十一個できる。」

「だって、親方さんにしかられる……」

紋蔵は青くなった。

「ふざけるな、紋蔵。忠助とおれはどっちがえらい。おまえはおいらのいうことを聞いてりゃいいんだ。」

実は最初伊三郎は忠助に持ちかけたのだが、生真面目《きまじめ》で融通《ゆうずう》の利《き》かない忠助は応じなかった。そこでこんどは紋蔵を抱きこんだというわけであった。

おだてられたり、おどされたりして、重りをつくったが、それが忠助にわからないわけはなかった。

ある夜、忠助は紋蔵に逃げるようすすめた。

「おまえ、自分のしていることがどういうことかわかってるのか。ばれたらはりつけものだぞ。そんなときには伊三郎の旦那はおまえに罪をきせるぞ。伊三郎の目のとどかねえとこにいけ。いいか、つかまるんじゃねえぞ。地味に鋳掛けでもしていな。」

「おいらが逃げたら、親方さんにめいわくがかかるんじゃねえでしょうか。」

「なあに、伊三郎め、ちったあ荒れるだろうが、むこうも自分にひけ目があらあ。おいらはちっともこわくねえ。」

そういうわけで鶴見へ逃げ出してきたのであった。決して年季明けしたわけではなかった。

あの後どういう具合になったのだろう。あるいは重りの横流しもおいらのせいになってるかもしんねえと、紋蔵は青くなった。

「どうした、紋蔵。おいら何かわるいことをいったのかね。」

岡っ引きの儀之助はにやにやしながら紋蔵を見下ろしていた。

「い、いいえ、けっして。」

紋蔵の声は震え出した。儀之助はどの程度真相を探り出してたのかわからないが、ちょっとかまをかけただけなのに、紋蔵の反応が大きかったので、それだけで満足したようだ。爪の下のねずみをいたぶる猫のように、一度で紋蔵に止《と》どめを刺すのは惜しい気がした。

「ふん、またしゃしゃり出したら、そのときはただおかねえ。」

紋蔵は絶望していた。せっかく生まれた村へもぐりこみ、懸命に生きようと思ったのに、ここにもおいらの居所はなかったのか。

びくびくしながら、二、三日過ごした。別に変わりはなかった。また四、五日が過ぎた。一度儀之助の姿を見かけ、ぎくっとしたが、何もいわれなかった。丸っきり不安が消えたわけではなかったが、それでも紋蔵はいくらかほっとした。

そして、問題の文政七年八月になった。

鶴見村の名主《なぬし》のところに、〈はかり改め〉の通知が来た。江戸の秤座から役人たちが出《で》張《ば》ってきて、検査をするから、各村取りまとめて名主が持参するようにということであった。

その年の〈はかり改め〉は武蔵の一部と、相模《さがみ》、駿河、甲斐の一部のきわめて広い範囲に及んでいた。だから秤座でも七人連れで、藤沢宿《じゅく》の脇本陣《わきほんじん》を三十日間借り切って御用場《ごようば》にあてることになった。秤は計量の標準を決め、それをしっかり維持するためには、ときどき検査をしなくてはならないのは、今でも同じである。秤が狂っていたり、壊れていたりでは商売に差し支える。

　そのころの秤といえば、二貫《かん》秤に二貫五百匁《め》かけても変わらないのがあった。またそれで間に合ったのだから鷹揚《おうよう》なものだ。

　いくら秤座がやっきになって、面倒な秤改めをやっても、いい加減な秤は後を絶たないし、平気で私製の秤を売りにくる商人もあったらしい。

　脇本陣、七郎右衛門《しちろえもん》の入り口には高張提灯《たかはりぢょうちん》がかかげられ、幕が張り回してあった。秤を行李《こうり》に詰め、それを紺風呂敷《こんぶろしき》に包んで、それを背負《しょ》った男衆《おとこしゅう》を従えて、名主は出かけていった。ところが、その秤の中に贋物《にせもの》が混ざっていたというのだから、まず名主は仰天した。

　本当に贋物が入っていたのだろうか。

　あるいは、気のいい紋蔵が村のおかみさんから、

「秤がこわれてねえ、こまってるのさ。」

といわれて、何気なく「どらどら」と直してやったことがあったが、それが紛れこんでいたのだろうか。

「何、贋秤だ。そいつは紋蔵だ。やつは八王子で秤の下請《したう》け職人でやした。」

といい出したのは儀之助であった。

七人の秤座の役人の中には、手伝いに駆り出された八王子の伊三郎もいた。重ねがさね、紋蔵は運に見放されたというしかなかった。

村から縄つきを出したくないため、どこでも内緒《ないしょ》にするものだ。関口日記に、代官の手代湯原秀助に百文の小遣いをやっているのも、あるいはそのためだったかもしれない。しかし、伊三郎と儀之助のふたりがいてはそれもかなわなかっただろう。

秤座としても、この辺で犯人をこしらえたほうが良かったのかもしれない。秤の権威を守るために。

名主を初め村中のおかみさんたちの必死な助命嘆願があったので、やっと獄門を免《まぬが》れたに過ぎなかった。

その後紋蔵がどうなったのか、これは記録にないのでわからない。

鶴千代の代役

「お大師《だいし》さんの芝居、おめえら見たけ。」

街道の茶屋の倅《せがれ》の時次《ときじ》がいったので、子どもたちはさっと目を光らせた。

「へえ、おめえ、もう見たのけ。」

だいたい掛《かけ》茶屋といえば、商売柄《がら》世間のできごとに詳しかったし、一家こぞって新しもの好きときてたから、評判の芝居など、外すわけはない。だから子どもたちは、またかとうらやましがったり、いばられても当り前だとあきらめたり……というところであった。

「おらだって、まだ見ちゃいねえけんど、おらっちのねえちゃんは見たぞ。」

子どもたちのいっているのは、川崎の大師河原《だいしがわら》に小屋掛けしている芝居のことであった。いま、鶴見辺の茶飲み話といえば、もっぱら嵐錦十郎《あらしきんじゅうろう》一座の芝居で、子どもたちも聞きかじっていて、結構詳しくなっていた。

「ああ、おらあ、お大師さんの芝居見てえ。」

「おいらもだ。」

見に連れてってもらえそうなのは、時次くらいで、あとは丸っきりその可能性はなかった。

それだけに余計《よけい》芝居への関心は募《つの》っていくというものだ。

「おらっちのねえちゃんは、女形《おやま》の千弥《せんや》がいいっていってた。」

「へえだ。なんてったって、錦十郎だい。」

「あれっ、新ちゃん、おめえ、いつ錦十郎見たんだよう。見もしねえでなんだ。千弥は舞台からねえちゃんのこと見て、にこっとしたんだと。」

「へん、そんなことする役者は、だいこんなんだぞ。」

時次が十二歳、同じく雑貨屋の新三《しんぞう》が十二歳、この遊び場でのがき大将をともに務めているから、どうしても張り合うことになるのであった。

「錦十郎はけいこや行儀がやかましいんだと。千弥なんか、しょっちゅう六尺棒《ろくしゃくぼう》でぶたれてひいひいいうってさ。」

「そ、そんなことあるけ。千弥は千両役者なんだぞ。おめえなんか芝居も見ねえでなんだってんだよ。」

「へん、時次だって見たわけじゃあんめえ。ねえちゃんのいってることを受け売りしてるだけだべ。」

「こんどの外題《げだい》はまだだけんど、そのまえのも、そのまえのもちゃんと見たぞ。」

「一座のなかには、きびしい座長うらんで、わら人形こせえたもんがいんだと。きっと千弥のこったぞ。」

「…………」

時次がいい負かされて、悔しそうに口をゆがめると、新三はやっとすっとなった。それにしても芝居は見たい……。

「おいらも芝居見てえ。いっぺんでいいや。」

「おいらもだ。」

ふたりの口争いが一段落つくと、また子どもたちの話はそこに行く。

鶴見にだって芝居は来た。年に一度だけだが、夏祭りに杉山明神《みょうじん》の境内《けいだい》に、よしずの小屋が掛かった。隣の市場《いちば》村には、芸人の一家がいたので、日当《にっとう》を払って頼んでくるのであった。茶番劇やちょぼくれであったが、それだって娯楽の少ない当時のこと、鶴見ばかりか、近郷《きんごう》近在《きんざい》から酒や弁当持ちで詰めかけてきた。

同じよしずを張り回した小屋でも、大師河原のは木組《きぐ》みからして違う。切組《きりぐ》みながら舞台の両脇には桟敷《さじき》もついていた。横手のチョボ床《ゆか》（浄瑠璃床《じょうるりゆか》）も本式で、すだれが掛かっており、中で三味線を弾《ひ》く人とか、義太夫《ぎだゆう》をかたる人の席もあった。

ここは、ひと晩か、せいぜいふた晩というのとは違う、長興行《ながこうぎょう》であった。それに何といっても、座長の嵐錦十郎がなかなかの役者であった。

錦十郎の評判は江戸にも聞こえ、音羽屋《おとわや》（三代目菊五郎）の耳にも入った。音羽屋は冷やかしのつもりで、川崎くんだりまで出かけてきたそうだ。わざわざではなく、大師参詣《さんけい》が目的だったと思うが……。

ところが小屋をのぞいて驚いた。田舎芝居にありがちな大仰《おおぎょう》な所作《しょさ》、高っ調子な台詞《せりふ》回しもなかった。ひとりで一幕ぶっ通しでしゃべりまくるようなこともなかった。確かな芝居であったから、周りの脇役たちも、きちんとめりはりをつけて演技していた。

子どもたちまでが噂していた通り、この座長の訓練は厳しく、座員たちもだいぶ泣かされたのも確からしい。そのおかげで演《だ》すもの、演すもの、当たりをとったのだろう。殊《こと》に今、長興行《ながこうぎょう》を続けている〈先代萩《せんだいはぎ》〉は、錦十郎の政岡《まさおか》がいいという評判であった。

音羽屋はすっかり錦十郎の芝居にひきこまれてしまった。そして芝居がはねたあと、茶屋に招いて、政岡をほめたというので、またまた錦十郎の人気があがった。

「ああ、見てえ。いっぺんでいいや。」

「こんどのは、伊達《だて》様の芝居だって。」

薪屋《まきや》の正吉《しょうきち》が、これも聞きかじりでいったが、みんな、そんなことととっくに知っていてだれもふり返りもしなかった。正吉は五歳、この遊び場では最年少で、味噌っかすだったからでもある。

鶴見や生麦《なまむぎ》の人たちが、芝居、芝居といい出したのも訳《わけ》があった。〈先代萩〉のモデルといわれる伊達安芸《あき》様の釣り舟宿が浜べりにあったので、親しみが持てたからであろう。安芸様屋敷は広島の浅野家のものだが、中には伊達騒動の伊達安芸と混同している人たちもいた。

「ねえ、行って見んべや。」

「ばか、どうやって木戸とおるんだよ。銭《ぜに》がいるんだぞ。」

「おいら、看板やのぼり見るだけでいいや。行ってみんべ。」

こんなわけで、子どもたちはぞろぞろ街道を川崎目ざして歩きはじめた。鶴見から川崎まで一里《り》（約四キロメートル）くらいのものだ。

文蔵《ぶんぞう》はいい遣《つか》っていた草刈りのこと、稲荷の祠《ほこら》に隠してある籠《かご》と鎌がふっと頭をかすめた。しかし文蔵は頭をふってそれを忘れようとした。なあに、看板見て、出たり入ったりする人たちを見て、駆けて帰りゃいいや……。

他の子にしても似たり寄ったりであった。何もかも放ったらかすくらい、芝居小屋は魅力があった。

「たいこが鳴ってる。」

新三がいった。耳を澄《す》ますと、かすかだが確かに「どんとこい、どんとこい……」と聞こえた。途端にみんなは駆け足になった。今まで足が痛いと、泣きべそをかきかきついてきた正吉までが、遅れまいと駆け出したほどであった。

大師河原の芝居小屋の前には、一間《けん》（約一・八メートル）おきに立てられた幟《のぼり》が、風にはためいていた。木戸のすぐ上には、四隅《よすみ》を金具で飾った黒枠の芝居絵があがっていた。仁木弾正《にきだんじょう》が印《いん》を結んで、大きなネズミを出していると、御殿では若様や乳母《うば》、侍女《じじょ》たちが驚いている図であった。その絵がどういうところなのか、子どもたちにはわからなかったが、派手で美しくって、少々不気味な絵に幻惑《げんわく》されたのは確かだ。

小屋の人たちの起き出すのは早かった。一番太鼓の「どんとこい」の音で、男衆《おとこしゅう》たちが動き出す。もうそのころは、気の早い芝居見物の連中は木戸の外に群れて、男衆が掃除をしたり、木戸札《きどふだ》をぱちぱち、音をさせてそろえているのを見物していた。

そのうち、二番太鼓が鳴り出した。この太鼓は大太鼓と締め太鼓で調子を取るものだが、これを合図に役者たちは楽屋入りして、鏡の前で仕度をはじめたし、木戸では客を入れ出すのであった。

客たちは押し合いへし合い、やれ足をふんだの、袖《そで》がちぎれそうだの、子どもが……、子どもがいるんだよ、気をつけておくれよ……などと大騒ぎをやって、われ先に、つまり一番いい席を取ろうとした。こんな騒ぎも芝居見物にはつきものであった。

まだ席が残り、客をもっと入れられそうだとなると、半纏《はんてん》の表方《おもてかた》が出てきて、しわがれ声で呼びこみをした。

「さあ、いらはい、いらはい。ここもとご覧に供《きょう》しまするは、当座十八番〈伽羅先代萩《めいぼくせんだいはぎ》〉より抜き読みの〈御殿《ごてん》ままたきの場〉、つづいて〈床下の段〉……」

呼びこみの伴奏のつもりか、邪魔をしているのか、「どどんがどんどん、どどんがどんどん……」と、太鼓の調子も一段とあがった。入ろうか、どうしようかと迷っている連中にふんぎりをつける力を、この太鼓は持っていた。

「見ろ、あれを……、すっげえ。」

新三が文蔵をつついた。白塗りが出てきて木戸番に何か耳打ちしているのであった。小屋の人数が足りないから、役者も手伝っているところなのであろうか。

引っかけている衣裳は、木綿《もめん》に金紙、銀紙を貼ったまがいものだったけれど、子どもたちには目映《まばゆ》すぎた。目と一緒に口のほうもしばらくあんぐり開けて、見つめていた。

これを見ただけで、帰ってからみんなに自慢ができるというもんだ。初めはこれで満足していた連中も、ぞろぞろ木戸を通っていく客たちを見ると、やはりじっとしていられない。

「おいらも入《へえ》って見てえ。」

「ふん、おめえ、銭《ぜに》あんのかよう。」

「ううん、持ってねえ。」

文蔵は木戸の台の下の辺ばかり見ていた。ひょっとして小銭が落ちてないかと……。すると、竹屋の仁助《にすけ》は、ちょうどそのとき入りかけていたお店《たな》のおかみさん風の袖をくぐって、まるで連れみたいな顔で木戸をすり抜けようとした。

「あれ、仁助のやつ……」

子どもたちはその早わざにびっくりした。仁助は成功するかに見えたが、やはりだめで、木戸番につまみ出されてしまった。さっきからうろうろしてた子どもを、木戸番が気のつかないわけがなかった。

「おっ、おめえ、時次じゃねえか。」

時次は突然肩をつかまれ、びくっとふり返った。すると、隣の酒屋、伊勢屋の隠居であった。

「おめえも芝居見物か。」

「ううん、看板見てるだけ。」

「ようし、そんならじっちゃんといっしょに入《へえ》るか。弁当もどっさりこせえてきたからよ。」

「じゃ、みんな呼んでくら。」

「なんだ、うちの人と来たのけ。」

「ううん、新三と文蔵、そいから仁助と正吉だい。」

「そう多くっちゃだめだ。おめえひとりだ。」

というわけで、時次は一人だけ、小屋の中に入って行ってしまった。

そうなると、新三たちはあきらめきれなくなった。時次ひとりにいい思いをさせてたまるか、何とかしてもぐりこもうと、小屋をぐるぐる駆け回った。莚《むしろ》を剥《は》がそうとして怒られたり、細い柱に飛びついて、登り、壁を乗り越えようとした。

「新ちゃん、帰《けえ》ろうよう、ねえ、おいら家へ帰りてえ。文ちゃんてばあ……、よう、仁助ちゃーん。」

ちびの正吉は走り回るみんなには、とてもついていけなかった。それでも泣きわめきながら、ただ駆け回っていた。

大きい子がはたしてもぐりこめたかどうかわからなかったが、気がついたとき、正吉はひとり取り残され、涙と土埃《つちぼこり》で顔に隈取《くまどり》をこさえて、楽屋口に立っていたのであった。

「坊、おめえ、はぐれたな。」

正吉が涙の目をあげると、半纏の裏方が笑いながら、見下ろしていた。

「坊、芝居見てえか。」

「…………」

「どうでえ。いっそ、芝居に出てみねえか。」

正吉はどきっとした。実はいつもいつもおっかさんにいわれていたのだ。

「いうこときかねえ子は、芝居小屋に売っちまうぞ。」

正吉にとっては、そんなのは全然おどしにはならなかった。

「ああ、売ってくれ。芝居小屋はおもしろそうだもん。」

しかし実際によその人から、芝居に出ないかといわれたら、話は別であった。おっかさんが売り飛ばすといったことの意味が、突然わかって、取り返しのつかないことになりそうであった。

「はははは……、でえじょぶだよ、坊。実はな、うちの子役が熱だして、とろんとしてるんだ。鶴千代役者がそれじゃさまになんねえやね、きょうだけでいいからよ。白くぬって、舞台にすわってくれりゃいい。口きくことはいらねえ。な、おめえ、きんきらきんのべべ着せてやっからよう。」

うんもすうもなかった。小屋では子役の急病に困っていたのだ。あしたのことはまたあしたでいい。とにかくきょうの幕だけ、人形おいてでも開けようと思っていたところであった。

楽屋に連れこまれたときは、正吉はまた恐くなった。何をされるのか、もうこのまま家へ帰してもらえなくなりそうな不安と恐ろしさで、逃げ出そうとした。けれども裏方の手にがっしり押さえられていて、無駄にちょっともがいただけであった。

「ああ、もう、だめだ。」

正吉がはっきりあきらめたのは、それからまだ少し後のことなのだが、その間にも顔ばかりか手まで白く塗られ、おかっぱのかつらをかぶせられ、京人形でも着そうな派手なしゅうしゅう鳴る衣裳を、あっという間に着せられてしまった。何という手際の良さだろうか。

そして気がついたときは、千松役者《せんまつやくしゃ》（座長の子であった）が飴玉《あめだま》を口に入れてくれた。役者のひとりが咳止め《せきど》になめている飴玉であった。

「鶴千代たあ、若様のこった。おいらの弟がやる役だがよ。やつはあの始末だ。なあに、おいらといつもいっしょだ。案ずることあねえよ。」

どうやら正吉は、もう震えてはいなかった。しかしまだひとことも口も利《き》けず、ただぺたんと座っているだけであった。

ときどき、急にどきんとして、しゃにむに泣き叫びたくなったり、逃げ出したくなるのだったが、きんきらきんの袴《はかま》や羽織《はおり》が邪魔で、それさえできなかった。

無表情の正吉を見て、小屋の人たちは

「ひろいもんしたじゃねえか。こりゃてえした度胸だ。若君って貫録《かんろく》してやがら。」

といった。

そのうち怖《お》じ気《け》のほうもなくなった。千松がやさしく、あれこれいってくれるし、まだ口の中にさっきの飴が残っているのに、

「そんなの、がりっとかじっちまいなよ。」

と、次の飴をくれたりしたからだ。飴のやさしい甘さも、正吉を落ちつかせ、やっと楽屋のごった返しを眺め回す余裕も出てきた。

「おいら、芝居小屋にいるんだ。芝居に出るんだ。時次ちゃん、おいら見ておどろくだろうか。」

すると、だんだんうれしさがふくれあがってきて、こんどはそれを抑えるのにじっと我慢していなくてはならなかった。

「さ、出番だ。いこう。」

千松が肩を抱くようにして廊下に押し出した。といっても目隠しのよしずを張っただけの楽屋と舞台を結ぶ通路だったが……。

それから五、六段、梯子《はしご》を登らせられた。袴が足にもつれて、というより、また手足が震え出して、正吉は登れなかった。すると上から男衆が引っぱりあげてくれた。

そこはもう舞台であった。

柝《き》（ひょうしぎ）が鳴り、幕が開いた。ざわざわ、がやがやどよめいていた客たちはしーんとなった。

〈御殿ままたきの場〉で、鶴千代君の暗殺を企《くわだ》てる悪人一味がいるため、政岡は、三度の食事も自分でつくろうと思った。

しかし、御殿に台所なんかないから、茶の湯の道具でご飯を炊く。この場面はもともと退屈なところだ。鶴見辺の人たちに、茶の湯の作法で、建水《けんすい》に研《と》ぎ汁をこぼしたりしても、わかるわけがない。でも政岡の必死な張り詰めた気持ちを、錦十郎は表現していたので、客席はじっと手もとを見つめていた。さすがというしかない。

鶴千代も千松も、政岡の苦労はわかっているが、そこは子どものこと、お腹が空《す》くから、交代で、

「ままはまだか。」

とのぞきにくる。政岡はいじらしさに胸が迫るといった思い入れで、わざと声を荒げて千松を叱《しか》った。

「さむらいの子は、おなかがすいてもひもじゅうないはず。さ、若君《わかぎみ》さまにいつもの雀《すずめ》の歌をうたっておあげなされ。」

そこで千松は唄いはじめた。

こちのうらのちさの木に
ちさの木に
雀が三びきとうまって
とうまって
一羽の雀のいうことにゃ
いうことにゃ……。

舞台の衾絵《ふすま》も竹、政岡の打掛け《うちか》も雪もち竹の模様、そして雀の歌を出したのは、伊達家の紋所《もんどころ》〈竹に雀〉にあやかったからであった。このかわいい場面も受けるところだが、観客を泣かしたのはその後《あと》であった。

八汐《やしお》（これを千弥が演じていた）の持ってきた毒まんじゅうを、千松が食べて苦しみ出した。悪事露見《あくじろけん》を恐れた八汐は、やにわに千松を刺し殺してしまった。

すると、それまで無言でただ千松の後にくっついて歩いていた正吉は、政岡に駆け寄り、本当にわっと泣き出してしまった。あのやさしい千松が目の前で、本当に殺されたと思ったのだ。

それを見ると、ぐっと堪《こ》らえるはずの名優の錦十郎も思わず声が詰まってしまった。途端に観客は一斉に鼻をすすり、手拭《てぬぐ》いや袖《そで》で、涙を拭った。

もちろん、みんなは錦十郎の演技に泣いたのだが、あとで錦十郎は
「子役に食われた。」

といったそうだ。

このとき観客の中には鶴見の人もたくさんいたが、誰ひとり、京人形のような鶴千代が薪屋の富十郎《とみじゅうろう》のところの正吉とは気がつかなかった。

髪結《ゆ》い渡《と》世《せい》の金五郎

鶴見村下宿《しもじゅく》の安兵衛《やすべえ》のところの十三歳のおまきは、こんど女中奉公に出ることになった。表通りの下駄《げた》屋の七五郎の世話であった。

「ゆくさきてえのは、髪結《かみゆ》いだがね。なあに、まわりをしてるあいだの留守番だけすりゃいいんだ。」

髪結いといっても、男の髷《まげ》を結うので、女はみんな、自分で結った。自分で髪もあげられないのは恥だったから。

鶴見には髪結い床《どこ》といったものはなかったが、かるさん（もんぺ風の袴《はかま》）を履いて、髪結い道具一式を行李《こうり》に入れ、それをさらに紺木綿《こんもめん》の風呂敷《ふろしき》に包んで、得意廻《まわ》りをしている職人はふたりいた。ひとりは子安《こやす》（現、横浜市神奈川区）の由蔵《よしぞう》で、今ひとりは小杉（現、川崎市中原区）からくる金五郎であった。

そのころ、母親だろうと、姉だろうと、女が男の頭に手をあげるのはもっての他ということで、大概《たいがい》自分で頭を湿《しめ》して、月代《さかやき》を剃《そ》ったものであった。あるいは十日に一度、五日に一度、髪結いを呼んで結ってもらった。髪結い賃は二十八文《もん》が相場《そうば》であった。月に四回とか五回とか決めて、百文払っている家もあったようだ。それを帳面につけておいて、盆暮れに勘定した。

由蔵は二十四、五歳、色白で、眉《まゆ》も涼しく、さすがに商売柄、鬢《びん》の毛一本ほつれさせず、ぴしっと決まっていた。だいたい髪結いの着ているものといったら、紺の小物立ての縞物《しまもの》であったが、由蔵は独《ひと》り者のくせにいつも寝るとき、霧を吹いて寝押しをするということであった。そのいなせな様子が受けて、ひいきする客が多かった。

いっぽう、金五郎は三十歳、上背《うわぜい》はあって押し出しはいいのだが、なりふり構わず、いつかなんか襷《たすき》の代わりに、その辺に落ちていた縄を拾って締めてきた。いくら構わないといっても、客商売にこれではちょっとひどすぎる。おまけに口下手《くちべた》で、無愛想《ぶあいそう》と来ていた。その代わり、仕事は手抜きがなかった。金五郎の締めた元結《もっとい》はきりっと締まって、次にやって来て、糸切りばさみでぷつんとやるまで、けっして緩《ゆる》まないというので、そこにつく客もあった。

安兵衛のところでは、もちろん髪結いなど頼んだことはなかった。しかし、おまきは一度だけ、川の土手道でかるさん姿の髪結い職人に行き会ったことがあった。陽除《ひよ》けの手拭《てぬぐ》いをかぶっていたが、おまきの前まで来ると、川風でそれを飛ばしてしまった。おまきのほうがあわてて手拭いを追っかけ、葦《あし》に引っかかったのを取ってやった。

そのとき、髪結いはいたずらを見つけられた子どものように、はにかんだ照《て》れ笑いをした。

「いい若い衆のくせに……」

と、思わずつられて、おまきも笑った。

「おまきもいいとこに奉公にあがれてよかったな。」

七五郎が両親にいっていたが、おまき自身も奉公に出ることで、自分の運命がこれから切り開かれそうだと、期待やら解放感があった。その上、行く先が髪結いとなると、わくわくしそうで、自分を抑えるのに困るほどであった。


最初、七五郎がついて行ってくれたが、諏訪《すわ》坂を上《のぼ》り、末吉《すえよし》のほうにずんずん行った。おまきは何となく、「おやっ」と思った。方向が違うような、そんな不安を感じた。

「これでいいのさ。なあに、ちょいとだ。」

七五郎は綱島《つなしま》で橋を渡り、中原街道《なかはらかいどう》の陣屋の前を過ぎ、ちょっとごみごみした一画《いっかく》に着くと、「ここだ」と、いった。

夕方近くなり、薄明かりでのぞくと、狭い土間のすぐ右手に流しと二升《しょう》炊きの釜の乗った竈《かまど》が見えた。そっと見回すと、その他にすり鉢、すり粉《こ》木《ぎ》、鍋、それに手桶《ておけ》が二つ三つ、あるだけであった。それはまあいい。おまきの家だって、そんな程度であったから。

それより七五郎と挨拶していた髪結いを見て驚いた。いつか土手で出会った職人とは違っていたからであった。そのとき初めておまきは、髪結いは一人じゃなかったっけと気がついた。これは自分の早飲みこみで、下駄屋のおじさんを恨むわけにもいかない……。

「金五郎親方だ。」

ぼんやりしていたおまきは、七五郎に小突《こづ》かれた。

「お、おまきと申します。どうかよろしくおねがい申しあげます。」

おまきはあわてて、教わってきた通り挨拶した。しかし金五郎は口の中で「ああ」といって、不機嫌そうにちらっとおまきを見たきりであった。

七五郎が帰ってしまうと、それまではどうやらふつうに話していた金五郎が、額《ひたい》にしわを寄せて、黙りこんでしまったから、おまきは途方に暮れた。じっとうつむいていると、だいぶたってから、金五郎は無愛想な声でいった。

「はいれ、それからおめえのふとんはそこに入れとけ。寝るのはそのすみだ。」

それきりでまた黙ってしまった。

「親方さん、あたいは何をしたらいいんでしょうか。」

おまきは思い切って聞いた。

「べつにすることたあねえ。」

「………」

「ふん、、とは小女《こおんな》なんかいらねえんだ。」

「………」

「じゃまでかなわねえ。」

「あのう……、夜のごぜんでも……」

「もういい。すんだ。」

おまきはとんでもないところへ来てしまったと心細かった。かといって逃げ出すこともできない。そんなことしたら、おとっつぁんやおっかさんが困るだけだという分別《ふんべつ》は、十三歳のおまきにはあった。

だんだん暗くなっていくのに、金五郎は行燈《あんどん》も点《つ》けようとしなかった。けちで燈油《とうゆ》を使うのが惜《お》しいのだろうか。

ときどきぼっとたばこが赤くなるので、金五郎がじっと座っているのがわかった。何とも気詰《づ》まりで、おまきは息をするのさえ気になった。やがて、灰吹《はいふ》きに煙管《きせる》を叩く音がし、奥の戸を開けて、金五郎は出ていった。奥にもうひと間、寝部屋《ねべや》があったのだ。

おまきは震えながら、そしてお腹を空《す》かせたまんま、泣き寝入りしてしまった。

次の朝、ごとごという音に、はっとして飛び起きると、金五郎が土間に降りて、鍋に米を入れ、菜っ葉を入れ、それから味噌を少々入れて雑炊《ぞうすい》をつくっていた。

「あ、あのう……、あたいがします。いいつけてください。」

「もういい。」

おまきは朝寝したので、金五郎が怒ってるのだと思った。けれども手を出すこともできず、おろおろするだけであった。

金五郎は箱膳《はこぜん》の引き出しから、茶碗と箸《はし》を出し、鍋の雑炊をよそうと、黙って食べはじめた。おまきは土間からぼんやりそれを見ていた。

「なぜ、食わねえ。」

きつい声で金五郎がいった。おまきはびくんとした。

「あ、あのう、あたいもそれを食べていいんですか。」

「なんだと。」

「あのぅ……、だって、親方さん食べろっていわないもんで。」

「…………」

金五郎は箸で前のほうを指した。そのときになって、おまきは初めてそこに、もう一つ箱膳が出ていることに気がついた。

金五郎のほうも小娘の扱いがわからなかったようだ。こっちがいわなきゃ、食べねえつもりだったんだろうか……と、金五郎のほうでもびっくりした。

金五郎が出かけると、おまきは少しほっとした。けれども何をやったらいいのかわからず、ただじいっと暗い家の中に座っていた。

「あたいがきらいなんだろうか。」

あの人は小女をやとうつもりはなかったとか、邪魔でかなわないとかいったっけ……と、ただ、ただ、悲しかった。涙はいくらでも出てくるし、えっ、えっと胸はせぐりあげて、抑えようとしても止まらなかった。

「おっかちゃーん、帰りたいよう。」

おまきはおっかさんの笑い顔を思い出そうとしたのに、胸に浮かぶおっかさんも泣き顔であった。「ごめんね」といっているようで、そうか、おっかさんにももういえないんだな。自分ひとり、こらえてかなくちゃ……と思い知らされた。

どのくらい泣いていたろう。午後、流しの上の小窓から陽《ひ》が入ってきて、おまきの膝まで届いた。まるでなぐさめるみたいに。おまきが見ていると、やがて陽は遠のき、陽の当たる位置が変わって、家の中を調べ回すように、壁のほうまで照らし、突然消えた。

暗くなったとき、金五郎は帰ってきた。おまきは弾《はじ》かれたように立ちあがり、水を桶にくんで持って行った。まず足を洗うだろうと思ったからだ。

ところが金五郎はさっさと井戸に行き、手足を洗い、うがいをした。実は金五郎には帰ったときする手順は決まっていたのだ。それを小娘のために変える気なんて全然ない。

またしてもあたいはへまをしてしまったんだ。おまきは立ちすくんだ。それにもっと悪いことに気がついた。夜の御膳の仕度を、何もしていなかったのだけれど、どうしたらいいんだろう。金五郎親方は、朝何もいいつけていかなかったもんだから……。

「いわなきゃ、何ひとつしてもれえねえのかね。」

「……………」

「ふんじゃ雇うことあねえのさ。つかれて帰ってきてよう、気の利かねえやつの世話までするのかね。ああ、かなわねえ。」

その通りだと、おまきは思った。万事にこう食い違うんじゃ、親方だって嫌になるだろう。それがわかるから、おまきは余計《よけい》辛かった。その晩も泣きながら寝た。夢の中でも金五郎は、「気が利かねえ、気が利かねえ」と怒っていた。

次の日もだいたい同じような一日がはじまりそして終わった。おまきはしょっちゅうびくついていたし、金五郎はむっと恐い顔していた。

もっとも、これは四日目くらいまでで、おまきは少し気を取り直し、金五郎が出て行くと、急に手足を伸びのびさせた。おまきはもともと、いつまでもめそめそしてはいられない質《たち》であった。金五郎が朝出ていくと、夕方まで帰らないことがわかってみると、その間だけはあたい一人なのだ。せめてその間だけ思い通りにやってみよう。

おまきは戸を開けた。流しの上の小窓も開けて、とにかく風を通した。板壁だと思っていたが、雨戸《あまど》だったので、これも開けようとした。まるで釘付《くぎづ》けしたように動かなかった。あまり、どんどん、がたぴしやったので、隣の差配《さはい》が飛んできた。

「なんだ、なんだ。おめえはだれだ。何がおっぱじまったのかと思ってよう。」

「あのう……、こんど親方んとこに雇われたもんです。おまきと申します。」

「この雨戸、あける気かね。」

「あい。」

「ここ小《こ》一年しめきりよ。まあ無理だね。」

「でも、風入れないと……」

「そりゃそうだ。家がいたんじまわ。金さんにいったって、聞くこっちゃなかったんでね。」

「…………」

「いったん開けたらよ、今後はもとに納まんねえかもしんねえぞ。」

「……………」

「ま、ひとつ開けてみっか。」

差配は面白がっていた。あの偏屈《へんくつ》のとこに来て、この小娘め、いつまでつとまるやら……と。

槌《つち》に鍛冶《かじ》（くぎぬき）や、鋸《のこぎり》まで持ってきて、どうやら雨戸を外し、ついでに、二、三ケ所緩《ゆる》んだ釘を打っていった。この仕事の間におまきはすっかり自分の身の上話をさせられてしまったが、こっちで聞きたかった金五郎のことは、何も聞き出せなかった。聞こうとして「あのう……」と口を開きかけると、「おめえ、年は？」とか、「兄弟は？」とかぶせられたからであった。

埃《ほこり》をはたき出し、拭《ふ》き取って、やっとさっぱりした。金五郎のふとんも、雨戸に並べて干した。

「あしたの仕事はきまった。洗濯だ。親方のねまきを洗おう。ふとんの襟《えり》もかえておこう。」

陽が傾きかけたので、おまきは雨戸を閉めはじめた。差配のいった通り、外すより大変であった。どんどん拳《こぶし》で叩いたり、けとばしたりしてもきちんと納まらない。やっと敷居《しきい》に入った戸も、下手《へた》に押すと斜めに軋《きし》み、こんどは外すこともできなかった。結局隣に行って、助けてもらわなくてはならなかった。

その夜埃の匂いのしなくなった家の中や、少しはふっくらしたふとんに、金五郎が気がついたかどうか、別に何もいわなかった。何か気がついたとしても、金五郎は口に出せない性《しょう》分《ぶん》であったが……。珍しくめそめそしていないおまきを、じろっと見たきりであった。

しかし、おまきのほうは、何もいわれなかったことで、ちょっと自信を取り戻していた。


金五郎はその日のおかず代だといって、三文だけおいて行くようになった。いくら物価の安いころでも、三文では、葱《ねぎ》の一把《わ》、茄子《なす》だったら十個ほどでおしまいであった。それでもおまきには、目の眩《くら》むような贅沢《ぜいたく》に思えた。家にいるとき、惣菜《そうざい》なんかお金を出して買ったことはなかったからだ。

タニシを捕《と》ってきて、塩茹《ゆ》でにしたり、シジミの味噌汁をつくったりしたものだ。そんなもの、裏の田んぼや溝にいくらでもいたから。潮の具合で、鶴見川には海の魚があがってくることがあった。さすがにボラとかカレイなんかは、大人が本気になってかからないと獲れなかったが、手長エビや白魚などは子どもでも手軽に笊《ざる》で掬《すく》えた。

川の土手にはクコが密生しているところがあって、その若芽を摘《つ》んでクコ飯《めし》をこしらえたし、ノビル、ツクシ、セリなども、摘むのは年寄りか子どもの仕事であった。秋にはハツタケの出るところもあった。

それにどの家でも庭先に葱やゴマ、コマツナなどを植えていた。

「ここにも細長い庭があるのにさ。食べられもしないリュウノヒゲしか生えていないんだもの。インゲンかキュウリでもつくっときゃ助かるのに。」

ある日、おまきは掃除していて、縁の下から石臼《うす》を見つけ出した。泥を縄のたわしでこすり落とすと、まだ使えることがわかった。どこも欠けていないし、噛み合わせもしっかりしていた。

「これでくず米や麦をひいたら、だんごができる。大通りの二六だんごみたいのをこさえられたらなあ。」

おまきは仕事の見つかったのがうれしかった。一日が長かったからだ。掃除をして、洗濯をして、食べるためのお惣菜をあれこれ工面しても、その後《あと》もう、何もすることがなくなってしまった。退屈だと、つまらないことを考えるから、忙しくしているほうがありがたいのであった。

さっそく土間に莚《むしろ》を敷いて、石臼を据《す》え、くず米を挽《ひ》いてみた。裏にあった長い竹竿《たけざお》を、臼の穴に差し、もういっぽうを天井の梁《はり》に結《ゆ》わえつけると、回すのにも力がいらない。面白いように、米が粉になった。

上から舟が　ヨーイ
二艘《そう》くる
金と銀との
帆をかけて　ヨーイ　コラサ
黄金《こがね》の櫓《ろ》　ヨーイ

村でみんなの唄っていた臼挽き歌が、自然に口をつき、はっとして周りを見回した。そして浮きうき弾《はず》んでいる自分に、自分でびっくりした。

その夜おまきは汁の実を多くした中に、だんごを入れてみた。これは金五郎も気に入ったらしい。決して感情を顔に出さない金五郎が、「ほう」とおまきを見た。お鍋いっぱいのだんご汁がたちまちなくなったこともおまきにはうれしかった。

おまきには、金五郎が子どものように思えることもあった。いいたいことがうまく口に出ず、それで焦《じ》れてるところなんか。あるいは口に合うものを食べても、「うまい」といえないところなんかも……。

「親方のこと、わかってやる人がいなかったんだ。」

おまきは稚《おさな》いながら母性の気持ちを湧《わ》かせたといえるだろう。しかしそういうやさしい思いやりを持つと、必ず金五郎は裏切った。

ある晩、金五郎は帰ってくるなり、おまきの襟上《えりがみ》をつかんで、土間に引き据えた。

「おめえ、とんでもねえやつだ。」

おまきは何で叱《しか》られるのかわからず、あれだろうか、これだろうかと必死で考えた。ちょっと上目《うわめ》で見ると、ぞっとするような冷たい目でにらみつけているし、拳《こぶし》をぶるぶる震わせていた。

ぶたれる……、おまきは体を固くして目をつぶった。

「おめえ、きょう、よそのニラをつんだっていうじゃねえか。」

「…………」

「おめえ、毎日、そのへんをうろついてるんだってな。」

おまきはあっと思った。毎日お惣菜の目先を変えようと、あっちこっち探して歩くのは本当だ。きのうは多摩《たま》川の向こうまで行って、フキを見つけた。もう固くなっていたけれど。きょうはシジミを獲《と》りに行って、川っ淵《ぷち》でニラを見つけた。あのニラに持ち主があったとは……。

「朝三文渡したな。あれはどうした。おめえそいつをかすめるつもりか。」

実はきょう三文使わず、あした六文にして卵でも買おうと思ったのだ。雑炊におとしてもいいし、ニラの卵とじにしてもいいと思って……。

「たまごだあ、おいらを病人あつかいする気か。」

「………」

「ふん、めそめそしやがって。面《つら》も見たくねえ。だからおいら、はなっからおめえなんかやといたくねえっていったんだ。ああ、いやだいやだ。みんなしておっつけやがって。」

「………」

「おいらの前で涙を出すな。」

おまきはびっくりして、袖口《そでぐち》で目もとを拭った。ああ、やっぱりだめだった。いよいよあたいは暇《ひま》出されるんだ。

ところがその晩、まったく新しい事態が起こった。生麦《なまむぎ》の茶店、与五郎のところからの使いが来ていうではないか。

「金五郎さんのお宅てえのは、こちらで。実は金五郎さんの子ども衆《し》だってえのが、迷子になって今朝《けさ》っから店にいるんですがね。」

「おいらの子ども？」

「へえ、四つくらいの男の子なんですがね。旅のお方の連れにしちゃ、なりがへんだし、近《きん》在《ざい》から年上の子にでもついてきて迷ったのかもしれねえと、いままで待っていやしたが、だれもさがしにこねえ。こいつは捨て子かもしんねえってんで、名主《なぬし》にとどけたところ、ついさっき『ちゃんの名は金五郎だ』と……」

使いの男は、みんなが、金五郎にゃ子どもはいねえだろう、そんな話は聞かねえ、独《ひと》りもんだろといっていると、ひとりでしゃべっていた。

「だから、おめえさんじゃねえかもしんねえけんど……。金五郎なんて、ざらにある名だ。」

突然、金五郎は立ちあがった。そして黙って飛び出していった。使いはあわてて追いかけていった。

その子はやはり金五郎の子で、直吉《なおきち》、四歳であった。一年ほど前、金五郎がまわりをしている間に、おかみさんは直吉を連れて、家を出てしまった。普段から無口の金五郎が偏屈に輪をかけ、もっと意固地《いこじ》になったのはこの時からであった。そしてこんどまた、おかみさんは直吉をおいてきぼりにして、どこかに逃げてしまったらしい。直吉はうろうろさまよい歩いていたというわけだ。

おまきにとって、もう一つ面倒が増えたようなものだが、世話をしてやる子どもができたことは、いろんな点で助かった。金五郎が意固地だったわけも、おかみさんのせいだったこともわかって、おまきはもう前みたいにびくびくしないで済んだ。

金五郎のほうも心配（直吉のことは、口に出さなかっただけで、彼なりに案じていたのだから……）がなくなってみれば、少しずつ心がほどけてきはじめた。きわめて徐々であったけれど。

春になっても思いがけず冷たい曇り日とか、遅霜《おそじも》の朝があるように、突然不機嫌になることはあったが、それも次第に少なくなっていった。

鶴見橋夕照《せきしょう》

鶴見の人たちにとって、自慢の種はいくつかあるが、誰もが第一に指を折るのが鶴見橋であった。

「なんたって、権現様《ごんげんさま》（徳川家康）がご入国のときよ、この橋の欄干《らんかん》からのり出して、鶴のわたってくのを見たってえからな。

「そうともよ。だから鶴見橋って名にしただ。」

「東海道はいくつも川越《こ》さなきゃなんねえけんど、橋てえのは意外にすくねえ。」

「あれ、そうかね。」

「川崎の六郷《ろくごう》大橋もとっぱらっちまったべ。江戸のお城をまもるためだと。大井川って知ってんべ。ほれ、馬子歌《まごうた》のよ、〈箱根八里は馬でも越すが、越すに越されぬ大井川〉の、あの大井川よ。あっこにも橋はねえ。」

「川越人足《かわごえにんそく》におぶさってわたるってな。」

「大猷院《だいゆういん》（三代将軍家光）様が京にのぼったときよ。たまたまそこの領主だったのが、舎弟《しゃてい》の駿河大納言忠長《するがだいなごんただなが》様さね。忠長様は将軍様の一行に不便あっちゃなんねえてんで、船ならべて板をわたした。浮橋《うきはし》さね。そんでも将軍はおこったっつうだ。忠長様はそのため、改易《かいえき》（お国がえ）だと。」

「浮橋でもだめかね。用がすみゃあばらばらなのによ。してみると、なんだ。鶴見の橋がのこってるてえのは、大したもんなんだ。」

「そうよ、おめえ。なんたって権現様ゆかりの橋だ。」

「それぱっかじゃねえぞ。ここからの富士がいちばんいいだ。」

「ああ海道《かいどう》一よ。」

「何、日本一だあ。」

箱根から向こうは一度も行ったことのないのがいうのだから恐れ入《い》るが、見慣れた景色が一番良く思えるということもある。

鶴見橋は村にとって、誇りでもあったが、厄介《やっかい》でもあった。天下の表街道に掛かっているため、いつも掃除しておかなくてはならなかったし、絶えず注意して、こまめに修理がいった。そのために、村費《そんぴ》で橋番を傭《やと》っていた。橋番の役目は次のようなことであった。

一、橋脚《きょうきゃく》に引っかかるごみを取り除く。

二、船や筏《いかだ》を橋脚につながせぬ。

三、船や筏を橋脚にぶつけぬよう注意する。ぶつけた船は究明する。

四、橋の下を通るとき、火を使わせぬ。

だいたい、橋は水の中に脚《あし》をつけているし、屋根があるわけじゃないから、雨には濡れ放題、これでは傷《いた》むわけだ。ふつう、木の橋は二、三十年しか持たない。洪水に流されたり、壊されたりすると、もっとひんぱんに掛《か》け替えることになる。

たとえば鶴見橋の記録を見ると、

元禄《げんろく》九（一六九六）年　新規掛替え
元禄十四（一七〇一）年　修理（敷板）
宝永《ほうえい》四（一七〇七）年　新規掛替え
享保《きょうほう》四（一七一九）年　修理（敷板）
享保九（一七二四）年　修理（橋桁《はしげた》）
享保十六（一七三一）年　修理（敷板）
享保十八（一七三三）年　新規掛替え
元文《げんぶん》二（一七三七）年　修理（欄干）
寛保《かんぽう》二（一七四二）年　修理（杭、桁）
宝暦《ほうれき》四（一七五四）年　修理

宝暦八　（一七五八）年　新規掛替え
明和《めいわ》五　（一七六八）年　新規掛替え

約七十年の間にこれだけ手をかけている。

宝暦八年の掛替えは、前年の大水《おおみず》で橋が流失したからであった。ところが十年もしないうちにまたまた大水があった。上流から流れてきた材木が、橋桁にまともにぶつかったから堪《た》まらない。落ちないまでも傾《かし》いでしまった。つっかえ棒を支《か》ったり、板を打ちつけたりの応急手当でどうにかこうにか持たせてきたが、大名行列が延々と続いたり、騎馬の武家が板をふみ鳴らして渡っていったりするたびに、村の人たちは冷やひやした。

明和五年の掛替えのときの鶴見村の名主《なぬし》は、結婚したばかりの若い佐久間権蔵《ごんぞう》であった。十一代目にあたる。二、三十年ごとに掛替えるのだから、一代のうちに、二、三回橋をいじることになるが、このたびの掛替えは、権蔵にとって初めての、そして生涯で一番気を遣《つか》った大仕事になった。

とにかく放っておけない。橋を共有している隣の市場《いちば》村と連名で、橋の掛替えの願書《ねがいしょ》を出した。

市場村の名主は添田伝右衛門《そえだでんえもん》、こちらは、五十に近い、小柄ながらがっちりした、如才《じょさい》の

ない人柄であった。鶴見の村役連中は、

「腹ん中まではわかんねえけんど……、あのかわうそめ。」

といっていた。そういえば、目と目の間が少し離れ、かわうそに似てないこともない。利害関係の少ない橋のことだから、若造の権蔵に対しても、「鶴見の……、鶴見の……」とそらさないけど、水が出て市場の堤《つつみ》が切れるか、鶴見側に行くかというときには、顔つきから声まで違って、もっともうるさい敵になる。

さて、願書は出したものの、代官所からの返事はなかなか来なかった。若いだけに権蔵のほうはいらいらしてきた。

「たかだか橋をかけるだけなのに、返事のおそいのはどうしてだ。」

「まあまあ、おちつきなよ、権蔵さ。天下の往来の橋があぶないじゃ、こまるのは代官のほうだ。諸大名から文句が行く。」

伝右衛門は太っ腹に笑ったが、そういう伝右衛門も胸の中でそっと指を折った。もう一ケ月近くたっていた。

さんざん焦《じ》らされたあげく、お呼び出しがあったのは、それからまた十日ほど後であった。三月の花曇りの薄ら寒い日で、江戸馬喰《ばくろう》町の代官屋敷のお白洲《しらす》は、しばらくすると冷えが、膝からはいのぼってくるほどであった。

かしこまっていると、係の杉浦五郎右衛門《ごろえもん》が出てきた。郡代伊奈半左衛門《ぐんだいいなはんざえもん》（忠宥《ただおき》）の家臣で、そのとき三十九歳。切れるという噂の通り、凡庸《ぼんよう》な目の輝きではなかった。眉《まゆ》から下は陽《ひ》焼けし、額《ひたい》だけ抜けるように白いのも、笠をかぶっての外歩きのせいであった。手代《てだい》まかせにせず、みずから先頭立って走り回るところを、代官も信用しているのであろう。

つい二、三年前、京、大坂（大阪）で新田《しんでん》の検地をしたかと思うと、去年から今年は関東の川から川へと飛び回っているそうだ。

「鶴見橋の件、このたびは鶴見、市場の両村でまかなうように。」

それだけであった。意外に若々しい声に、というより少々癇性《かんしょう》らしい高い声に気を取られ、権蔵は何をいわれたのかわからなかった。もう少し何か説明があるのかと、かしこまっていると、

「しかと申しわたしたぞ。」

で、袴《はかま》をしゅうと鳴らして襖《ふすま》の中へ入ろうとするではないか。伝右衛門はあわてて顔をあげた。

「もうし、しばらく……、鶴見の大橋の儀《ぎ》はいっさいご入用《にゅうよう》（公費でまかなうこと）でご普請《ふしん》いただいております。そもそも権現様ご入国のさい……」

伝右衛門が切り札《ふだ》を出した。しかし杉浦五郎右衛門は顔色一つ変えない。権現様が効《き》かな

い役人もいるのかと、伝右衛門はあわてた。

「いままでの橋の工事の概要、すべてお役所にさしだしてございます。何とぞ、ご一覧いただき、お取りはからいくださいませ。」

伝右衛門は権蔵にも何かいわせようと、ふり向いたが、今ごろになって事の重大さに気づいた権蔵はみじめなくらい青ざめていた。口を利《き》ける状態ではなかった。

「さような書類があったのか。」

五郎右衛門が控えている手代をふり返った。

「はっ、実は戌《いぬ》の大水（寛保《かんぽう》二年）のさい、当代官屋敷は水につかり、書類いっさい流失、おおかた鶴見橋の控えもその折いっしょに……」

「なるほど。聞いたとおりだ。ま、古いことは水に流した。橋も新しい方針ですすめる。」

「杉浦様、お願いでございます。村にたちかえり、折り返し書類をつくってお届け申し上げます。何とぞお目通しを。」

五郎右衛門は返事もしなかった。今さら古い書類を見てもという気持ちだっただろう。

実は、関八州《かんはっしゅう》のあちらこちら水の始末がまだついていなかった。代官としてはその費用の捻出《ねんしゅつ》で頭を痛めていたのである。

「じょうだんじゃねえ。おらっちだって、そんな金あっか。村でまかなえだと。そうはいくかよ。なあ、鶴見の……」

伝右衛門は帰る道みち、悪口のいい通しであったが、その興奮も村に近づくにつれて、冷めていき、

「どうしよう、な、鶴見の……」

と小声になり、とうとう口も利かなくなってしまった。権蔵は権蔵で、白洲に座ったときから杉浦五郎右衛門の気合いに飲まれてしまい、気が滅入《めい》ってしかたがなかった。

ところが、ひと晩明けたら、やはり若さだろうか、権蔵のほうは立ち直っていたが、伝右衛門のほうはますます元気をなくしていた。

「おそれながら書き付けをもって……というのを書きましょう。市場の……」

「そんなことしても、あの代官所のきつね野郎受けとるだろうかね。お上《かみ》にたてついては、われわれ生きていけなくなる。」

「じゃ、市場村は橋をかける金、工面《くめん》できるんですか。」

「できるもんか、ちくしょう。」

「じゃ、つっぱねるしかないでしょう。」

「…………」

「だめでもともと。」

「おらあ、知らんぞ。」

伝右衛門はけろっとしている若者をつくづく見た。きのう白洲ですくんじまった同じ人かよ。へん、空元気《からげんき》つけやがって……。それでも願書は伝右衛門が書いた。

「恐れながら書付けを以《もっ》て申し上げ奉《たてまつ》り候。東海道市場、鶴見両村境《さかい》の鶴見橋、長さ二十五間、幅四間《けん》、両袖《そで》つきの橋、むかしより一切御入用《ごにゅうよう》にて御普請仰《ごふしんおお》せ付けられ候。その証拠《しょうこ》書類を相添《あいそ》え候間、御一覧御吟味《ごいちらんごぎんみ》下されたく候。今回の普請村方《むらかた》に仰《おお》せつけ候ては、困窮《こんきゅう》の百姓、難儀至極《なんぎしごく》に御座候。何卒《なにとぞ》御慈悲を以て、今まで通り御普請くだされたく候。
市場村名主　伝右衛門
鶴見村名主　権　蔵
伊奈半左衛門様
御役所

その返事は、こんどは早かった。

ある朝、権蔵が土筆《つくし》の卵とじで、遅い朝食を食べているところに、板戸にがたんとぶつかるようにして入ってきた人があった。何と伝右衛門であった。伝右衛門はいつだって、こんな無器用なことはしないのに……と、権蔵はどきっとした。

しかし伝右衛門の持ってきたのは吉報《きっぽう》で、普請は慣例通り、お上が持つことになったという回し状であった。

「けどよ、権蔵さ、よろこんでばっかいられねえ、代官め、こんどは縄や俵、人足を村役として出せとよ。」

「どうでも値切りたおす腹でしょうか。」

「こんなこたあ、聞いたこともねえ。橋はお上が掛けるもんときまってんべ。村におっつけられてたまるか。郡代の伊奈様てえのが切れ者だが、そこの一番番頭の杉浦様がこれまたひと筋縄じゃいかねえ。いやなお方にあたった。」

「まったくですなあ。」

「縄と俵と人足もおらっちにはできねえ。ことわるべ。」

伝右衛門はいつも初めは元気がいい。この元気も何日、いや何時《なんとき》もつだろうか。現《げん》に伝右衛門は少し目の下を黒ずませていた。橋の件以来、眠れない夜が続いているからであった。それは権蔵も同じこと。日ごろおっとりしている権蔵が額《ひたい》に青い筋《すじ》を浮かせ、何でもないことに声を荒げたりしていた。

「家族にあたってねえ、みな、ぴりぴりしています。」

おっかさんが伝右衛門にこぼしたくらいだ。

「そうだろう。なれてるおいらも、こんどばっかりは勝手がちがうわ。寅《とら》の年（宝暦八年＝一七五八）の掛替えはなんの面倒もなかったのによ。」

「おかかりはおなじ伊奈様でしょうに。」

「問題は普請奉行の杉浦様よ。それにどうもお上のお金蔵のつごうらしいよ。」


代官所から杉浦五郎右衛門が、手代《てだい》や手付きを連れて、村に出張《でば》ってきたのは、十日ほどたってからであった。

「カワラヒワの声がのどかじゃなあ。」

五郎右衛門は堤《つつみ》に立って、目を細めた。

「はっ？　ああ、ヒワでございますか。」

権蔵たちは緊張しているので、鳥の声など耳に入ってこなかった。検分が恐かったのである。はたして五郎右衛門の検分は厳しいものであった。

「欄干はほとんど無傷じゃ。このまま使えるな。桁も二番、三番、四番は傷んでおるが、ほかはまだ使用に耐える。橋脚はどうじゃ。腐れの具合は？　ていねいに解体したら半分は古いのを使えるじゃろう。釘やかすがいも同断である。」

まだ、あった。

「さて新規に購入する橋の材料だが、調査したらこの川の上流の新羽村《にっぱ》（都筑郡《つづき》）にモミの山林があった。一丈三尺（約三・九メートル）の長さで一尺のさしわたしの丸太もとれる。筏《いかだ》にして川をおろすにも都合よかろう。」

忙しい五郎右衛門たちが、短い間に材料の山まで調査しているとは……。その素早さというか、抜け目のなさには、村役人たちは顔を見合わせるばかりであった。

「ところで、その木こり、木取り《きと》（製材）筏に組んで運ぶのは、両村でやれ。」

ほら、来た。追い打ちをかけて来やがった。もう黙っていられない。追い詰められた獣《けもの》が、ふり向きざま爪を立てるように権蔵は叫んだ。

「そ、そりゃ鶴見や市場に杣《そま》や木こりがまるきりいないわけじゃございません。が、ほとんど鍬《くわ》しか持ったことのない百姓でございます。それは無理でございます。」

「さ、さようで。権蔵が申しあげたとおりでございます。」

あわてて伝右衛門も頭を下げた。もうこうなったらいうだけいってやれと、捨身《すてみ》になってる権蔵は、悲鳴のようにもうひと言いった。

「おひきうけいたしますと前例をつくることになります。孫子《まごこ》がこまります。」

手代たちの顔色が変わった。それでも権蔵は夢中になっていい募《つの》るので、しきりに伝右衛門が袖《そで》を引っぱった。それさえ権蔵は気がつかなかった。

伝右衛門が、

「何もございませんが、拙宅《せったく》でご休息を。」

と誘ったが、一行は
「ほかに回るところがある。」

と、さっさと帰ってしまった。堤に取り残された村役人たちは不安と恐ろしさでしばらくぼんやりしていた。

「とりつく島《しま》もねえ。これもあんたのせいだ。」

まず気を取り直した伝右衛門は権蔵の衿《えり》をつかんで揺すぶった。

「そうだ、そうだ。連中をおこらしちゃなんにもならねえ。」

「あんたは若い。ことばに気をつけてくれ。知らないぞ。どうなっても。」

鶴見の年寄役《としよりやく》や百姓代までが、権蔵につっかかってきた。

さて、奉行は最後にもう一つ通達をよこした。中には、〈橋の構造上のことについてだが、長さ二十五間（一間は約一・八メートル）の橋に幅四間はいらない。三間にしろ〉という意味のことが書いてあった。

これには市場村も鶴見村も開いた口がふさがらなかった。一間も幅を削られたら、橋の体裁はどうなるのだろうか。

「おらっちの橋が貧弱になるでねえか。」

「ああ、そんなこと、うんといえねえ。おいらの代にだよ、橋をせばめたなんて、ご先祖様さまに申しわけねえ。」

村役人たちが騒ぐのを聞きながら権蔵はやり切れなくなり、叫んだ。

「代官所に行ってくる。」

「なんだと。権蔵さ、代官所に行く？　なんというつもりだ。」

「ことわるしかないだろう。」

「だめだ、だめだ。権蔵さは何もいうな。」

「そうだよ。何もかもお前さんみたいに、いやです、できません、ひきうけられませんじゃ、代官は顔つぶされたって思うべ。いいか、お前さんが何かいうとぶちこわしになるだけだ。」

と、寄ってたかってなだめられてしまった。

お鍬初《くわぞ》めは四月に入ってからであった。橋はだいたい二ケ月はかかるから、今はじめないと梅雨にかかり、仕事がしにくくなる。

つまり時間切れになって、ぎりぎりのところで幕府側も村方も歩み寄ったわけであった。その朝は気持ちよく晴れあがり、初夏らしい爽《さわ》やかな陽射しが、橋の袂《たもと》の祭壇に当たっていた。四本立てた篠竹《しのだけ》が時折さやさや鳴る。奉行の杉浦五郎右衛門、手代、手付きが野袴《のばかま》、打裂羽織《ぶっさきばおり》で並んでいた。近隣の名主たちも招きを受けてきていた。

簡単な式が終わり、樽酒《たるざけ》のかがみが割られると、権蔵はほっと緊張を解いた。とにかくお鍬初めに漕《こ》ぎ着けたという感慨もあった。

橋が通行止めになるので、まず仮橋を掛けなくてはならなかった。仕事師、橋大工、人足たちの一組がさっそくかかり、まずまず順調な滑り出しであった。

モミの材木が筏に組まれて、続々川を下《くだ》ってきた。丸太もあれば、板にひいたものもある。いずれも切り口は濡れて橙色《だいだい》をし、つーんと芳香がしていた。筏を岸に導くため鳶口《とびぐち》で押す舟、引っかけて寄せる舟が群がり、人足たちの掛け声も活気があった。

橋の工事で一番大変なのは、橋脚を川底に立てる作業であった。まず少し上流に、牛枠《うしわく》といって、蛇籠《じゃかご》と木の枠でつくった流れの力をそぐ柵《さく》がいくつか沈められた。

川底に打ちこむためには、高い櫓《やぐら》を組み、真ん中に分銅形《ふんどうけい》の重い槌《つち》を吊るし、それで打ちこむのであった。岸にいる人足たちが、親方の合図で綱《つな》を引くとき唄う歌も勇ましかった。

工事にかかるまでの追い詰められるような恐怖、やり切れない焦《あせ》りが嘘のように思えたが、まるきりなくなったわけではない。また違った気苦労もあった。工事特有の見積もり違いのごたごた、人足同士の喧嘩、仕事師のけがなど、毎日何か起こったから。

五月に入ると雨が続いた。

「梅雨にしては早すぎる。」

権蔵は恨めしそうに灰色の空を仰いだ。途端にくらっと目まいがした。黒い玉が無数に目の前を流れ、それが渦《うず》になった。その中に引きずりこまれそうになる。吐き気をともなう不快感をじっと堪《た》えていると、やがて治った。人間、そうそう緊張が続くわけがない。権蔵は今まで張り詰めていた気力がぷつんと切れたんだなと自分でわかった。要するに疲れが出るころなのだ。それでも権蔵は朝になると、よろよろ工事場に出てくるのであった。

三日目の明け方、雨が急に強く降って、川の水が増え出した。いくつも沈めてある牛枠も効かなくなっていた。まだ、橋脚と桁を組んだだけで、とてもこの水勢を支えきれそうもなかった。突然めきめきっといった。堤の上で番をしていた若い衆が、あっと顔をあげると、ぐらっと桁がねじれ、上から押さえつけたようにくにゃっとひしゃげた。次の瞬間、木組みが弾《はじ》けてばらばらになった。せっかく新しく立てた柱までが一本一本押し倒されていった。

呼ばれて権蔵が駆けつけたときには、無残《むざん》にも水の上には杭一本頭を出していなかった。おまけに増えている水を見て、権蔵はぞっとした。いつもの水の色と違うのだ。浮いているもの一つ見ても、川沿いの者にはわかる。この水の色は水源地のあたりが大降りなのだ。

「この水はとうぶん増えつづける。」

権蔵は呆然《ぼうぜん》と雨の中に立っていた。続々堤の上に立つ村人の数が多くなったが、誰ひとり口も利かない。しばらくして、権蔵が何げなく顔をあげたら、向こう岸に伝右衛門がこれまた、呆然と立っているのが見えた。

「こんな大普請《おおぶしん》にゃ、人柱《ひとばしら》つうのがいるんでねえべか。」

権蔵はびくっとしてふり返った。

「だれだ、いましゃべったのは。」

村の人たちは顔を見合わせ、銘々《めいめい》首を横にふるだけであった。権蔵も堤とか橋などの大工事には、いけにえを捧げて成功を祈るということを聞いたことがあった。実際に見たことはなかったが。おとっつあんも橋の普請にそれをやったんだろうか。聞いたことはないけんどそういうことは秘《ひそ》かに行なうのだろうか。権蔵は頭の中がぼわんと空っぽになった。このごろときどきそういう発作がおこる。黒いしみのようなものが目の前に入り乱れるのはその次であった。その頭の中に、妙に人柱という言葉だけが反響した。

でも、いったい、誰を人身御供《ひとみごくう》にしたらいいのか……。そのとき目に入ったのは、村の人の肩の間からのぞいていた、おきちばばあという乞食女《こじき》であった。気違いのきちで、本名はわかっていない。いつから村に住み着いていたのか……、員数《いんずう》以外の村の一員であった。

権蔵は、いてもいなくてもいい、このおきちばばあなら……と思った。村の誰かれには必ず親がおり、子どもがおり、連れ合いがいる。人柱に選べる人なんていやしない。でも係累《けいるい》がなくて、村の人別《にんべつ》にもないいんだから……。

そのとき、すでに権蔵は平静を失なっていた。権蔵は人垣をかきわけるようにして、おきちに近づき、肩をぐっとつかまえた。ただでさえ日増しに頬がこけ、目ばかり大きくなり、ぎらつく権蔵の顔は恐ろしかった。その頬を引きつらせ、にらみつけているのだから、おきちは悲鳴をあげた。びりっとおきちの着ているぼろが肩のところで裂けた。

「おきちが何かしたのか。」

「知らね。」

「人柱?」

「まさか。」

「人柱、人柱だ。」

「名主様さまはおきちばばあを人柱に立てなさるだ。」

初め小さなささやきだったが、だんだん大きくなった。誰もがまさかと一度は打ち消しても、橋の脚一本残さず飲みこんだ川の恐ろしさに立ち向かえるものは、人柱しかないと思える。権蔵の狂気が伝染していくのかも知れなかった。

権蔵はあらためておきちの手を握りなおし、引きずっていこうとしたときであった。

「権蔵、放してやれ。」

杉浦五郎右衛門の声がした。はっとふり返ると、五郎右衛門はまた目で合図をした。咎《とが》める目ではなく、おきちともども権蔵をいたわるまなざしであった。

「材木はさっそく新規に注文しろ。勘定方《かんじょうがた》には拙者のほうから申請いたしておく。よしよし、何もいうな。」

途端に権蔵の顔がくしゃっとゆがんだ。そのとき、権蔵に取りついていた狂気が落ちた。

橋の工事は五月十五日に再びはじまり、七月二十日に完成した。

子育てまんじゅう

「おうめ、おうめ、おうめはどこ行きやがった。」

蒸籠《せいろう》から吹き出したまんじゅう臭《くさ》い湯気が土間いっぱいにこもった。その中でおとっつぁんがわめきだしたので、あ、また、ねえちゃんが逃げたのだと、おしんは思った。さっきまで姉のおうめはおしんと一緒に蒸籠の簀子《すのこ》に濡れ布巾《ぶきん》を敷いて、まんじゅうを並べていたのだ。

おとっつぁんが五段重ねの一番上のを下ろし、下に新しいのを差しこむ、そのほんの短い間をねらって、おうめはどこかへ行ってしまう。この瞬間はいくら慣れたおとっつあんでも緊張するのか、周りに気を配っていられなかった。そうでなくても一斗釜《いっとがま》から立ち上《のぼ》る湯気で、何も見えなくなるのであった。

「このいそがしいのを知ってるくせしやがって。あのはねっかえりめ、どうしておのが家の商いに身をいれねえんだ。」

おとっつぁんはかんかんになるが、そうそう怒っているわけにはいかなかった。まんじゅうを買いに客が入ってきたからであった。

「あとでみっちりせっかんだ。そのときみんな止《と》めるなよ……。えへへへへ……、いえね、うちのおたふくめ、ちっとも家業を手伝わねえんでね。」

どこに遊びに行ったのか、おうめは夕方そっと帰ってくる。おとっつぁんが材料の小麦を仕入れに出ていくのを、どこかで見張っていたらしい。もっともおとっつぁんはそのときかっとしても、夕方は忘れてしまうほうだから、おうめもそんな親の隙《すき》を見抜いてたのかもしれないが……。

おうめが帰ってくるまで、おしんのほうは姉の分まではらはらしながら、黙っていいつけられたことをしていた。

大通りの熊茶屋《くまぢゃや》（五左衛門）の店先には、〈こいけさんくわんおん（子生山観音）〉のかなり目立つ石の道標《みちしるべ》が立っていた。そこから右へ入っていくと、仁王《におう》門まで二町《ちょう》（約二百メートル）の参道があり、仁王門をくぐって観音《かんのん》堂まで、三十数段の石段あり、爪先《つまさき》あがりの坂道ありでこれまた一町あった。

この観音様は四寸（約十二センチメートル）の座像で、何でも生麦《なまむぎ》の浜に打ちあげられたのをここまで運びあげて祀《まつ》ったという伝説があった。

この地の豪族に、稲毛三郎重成《いなげさぶろうしげなり》という人がいた。鎌倉幕府の重臣畠山氏の一族だが、この人には子どもがなかった。あるとき、この観音様に「何とぞ子どもを……」と、願《がん》をかけた。重成は賽銭箱《さいせんばこ》から三文《もん》だけもらい（あげたのではない）、扶持給金《ふじきゅうきん》とした。給金だから一文一年として三年の間、観音様に奉公することになる。朝夕のお勤めはもちろん、あれこれ奉公しなくてはならなかったが、その間、観音様は家の子郎党《ろうとう》として重成の一家を守ってくださる契約ができたわけだ。

さて、三年目の満願《まんがん》の日、男の子が授かった。そのうれしさから、重成は七堂伽藍《しちどうがらん》に山林を八町（一町は約百メートル）四方、田畑を三町《さんちょう》四方《しほう》寄進《きしん》した。

子授けの観音の噂は京にも聞こえ、皇子《おうじ》のなかった堀河天皇（一〇八六年即位）は勅使《ちょくし》を鶴見に遣《つか》わして、祈願をしたところ、皇子が生まれた。それが鳥羽天皇（一一〇七年即位）であった。堀河天皇はたいそう喜ばれて、〈子生山《こいけさん》〉という山号《さんごう》を賜《たまわ》ったと、観音様の別当《べっとう》（神社の境内に建てられ経営管理など行なった寺）である東福寺の縁起にある。

観音様の広い境内には桜が多かった。花どきには近在の人たちが酒と弁当を持ってやって来る。この観音山は末吉《すえよし》の岡の続きだが、ぐっと突き出ているため、ここまで登ってくると、鶴見、生麦は目の下だし、その先に広がる海が見渡せた。花の枝越しに見る青い海と白帆《しらほ》は、それこそ千両の眺めであった。

ここは鶴見の人たちばかりでなく、江戸の連中もやってきた。花見を兼ねていたろうが

〈子育て観音講《こう》〉もあって、かなり盛んであった。

そればかりではなかった。参勤交代で東海道を上《のぼ》り下《くだ》りする大名たちも、ちょっと寄って拝していった。諸大名の寄進した扁額《へんがく》なども残っている。

観音様が知られていた証拠には、文化六（一八〇九）年には、ここを舞台にした草双紙《くさぞうし》が出たくらいである。題して『子生山利生記敵討鶴見郷《こいけさんりしょうきかたきうちつるみのさと》』、作者は本野素人《もとのそじん》という人だがこの人のことはよくわからない。このころの戯作者《げさくしゃ》たちはいくつも名前を持っていたから、あるいは誰かの、草双紙を書くときに使うペンネームだろうか。版元《はんもと》は江戸・芝明神前《しばみょうじんまえ》の山田屋という地本問屋《じほんどんや》だが、そこの専属の書き手かもしれない。本野素人は同じ山田屋からもう一冊、『神霊敵討泉川艶水上《しんれいかたきうちいずみかわいろのみなかみ》』というのを出している。

さし絵を描《か》いている勝川春扇《かつかわしゅんせん》のほうは割合よく知られている。役者絵の得意な勝川派の画家であった。もっとも初めは他の師匠についていたが、文化三年に勝川春英《しゅんえい》の弟子になった。春扇も美人画や役者絵、それから草双紙のさし絵など描いていたが、晩年は風景画に移った。それも西洋風の遠近法とか、陰影のつけ方を取り入れたというから、当時の画壇としては、型破りで異端だったかもしれない。

『敵討鶴見郷』のあらすじを簡単に述べておこう。

「稲毛三郎重成の家臣松井助右衛門《まついすけえもん》は、蛇窪嘉四郎《へびくぼかしろう》に騙《だま》し討ちにされた。そのため妻のおみちは、幼い助太郎《すけたろう》を観音様に託し、自分は鶴見川に飛びこんでしまった。

いっぽう、同家にもうひとり牛留東作《うしどめとうさく》という者がいたが、子どもがなく、観音様に願かけをしていた。満願の日に、『男子を授ける』というお告げがあった。堂を出てみると、松の枝に竹の籠《かご》が下がり、その中に男の子が入っていた。これこそ恵みだと連れ帰り、米松《よねまつ》と名づけた。

蛇窪は卑怯《ひきょう》にも、今度は牛留東作をも殺してしまったが、米松は、蛇窪が養父ばかりか実父も、そしてそのため、実母まで死んだことがわかって、仇《あだ》を討った。めでたしめでたし。」

ところで、この後日談があって、米松には七人の子があり、そのうちひとりは武家を嫌い、観音様の門前で、ゆかりの子育てまんじゅうを売った。竹の籠に入れて松の枝に吊るされていた米松にあやかり、まんじゅうは竹の籠に入れて売られたとあった。

実は、確かに観音様の参道に、〈子育てまんじゅう〉の看板をあげた土産もの店があった。たぶん『敵討鶴見郷《かたきうちつるみのさと》』の作者は、鶴見まで取材に来て、このまんじゅう屋を見ていったに違いない。

さてまんじゅう屋の主《あるじ》は久蔵《きゅうぞう》といった。もともと菓子職人でも何でもなく、末吉村の者で、ちょうど観音様の裏手に畑を持っていて、牛蒡《ごぼう》やら芋《いも》やら、大根やらをつくっていた。

観音様の門前では、十二月の末ごろ、正月用意の歳《とし》の市《いち》が立った。神棚とか、笊《ざる》、箸《はし》、鍋のふたから、鎌や鍬《くわ》などが参道に並ぶが、その中には野菜を持ってきて売る者もいた。久蔵もそのひとりであった。

あるとき、余った餅をあられに切って、豆煎《い》りをこしらえ、三角の紙袋に入れて並べたところ、これがよく売れた。江戸からお詣《まい》りに来た人たちが珍しがって、買ってくれたのであった。

「なるほど、観音詣《まい》りにここまでやってきて、みやげもん一つねえてえのはさびしかんべ。なんかこせえて売りゃもうかるかもしんねえ。」

と、久蔵は気がついた。そこで東福寺の住職に相談してみた。

「そりゃ、ええ思案だぞ、久蔵。うーん、みやげもんねえ。食いもんがええな。どうだ、まんじゅうは。」

「へっ。」

久蔵はびっくりした。もっと手軽いものを考えていたからだ。

「なあに、おまっち、彼岸にゃおはぎやらぼたもちこせえるじゃねえか。大したかわりはあるもんかね。よし、〈子育てまんじゅう〉ってえ名をつけてやろう。子育て観音にあやかってな。」

住職は興《きょう》に乗って、子育てまんじゅうの由来記《ゆらいき》というのまで書いてくれた。その中には、

「店主子なきをうれい、観音に祈願し、一子《いっし》を得たり。その慈悲《じひ》に感じ、商うみやげもの、〈子育てまんじゅう〉と命名せり」

とあったので、久蔵は恐縮した。久蔵は十二歳のおうめを頭《かしら》に、おしん十一歳、おかじ七歳、浜吉《はまきち》三歳、東吉《とうきち》一歳の二男三女の子福者《こぶくしゃ》であったからだ。

江戸の戯作者太田南畝《なんぽ》は、『玉川砂利《たまがわじゃり》』（文化六年刊）の中で、鶴見のまんじゅう屋は七軒ありとして、その名を鶴屋、亀屋、恵比寿屋《えびすや》、大黒屋《だいこくや》、布袋屋《ほていや》、津山、末吉屋とあげている。このうち、鶴屋、亀屋、恵比寿屋は『武蔵風土記稿《ふどきこう》』とか、『江戸名所図会《ずえ》』にも出ていて、存在の証明ができる。布袋屋というのは、鶴見村の村役人もしていた長兵衛の営む立場茶屋《たてばぢゃや》であった。ただし大黒屋は有名な料理茶屋で、まんじゅうはおいていなかったはずだ。太田南畝の思い違いではなかろうか。鶴見のまんじゅう屋はだいたい、東海道沿いにあって、米《よね》の粉を皮にした米まんじゅうであった。

残る末吉屋のみ、小麦粉をこねた皮で、これが子育てまんじゅうであった。白と茶色の二色で一対《つい》になっていて、値段は一個が三銭、持ちいいように竹の籠に入れさせると籠代は一銭であった。

久蔵は夜、次の日につくる分のアズキを煮ておく。一日水をはった桶《おけ》に浸《つ》けて、充分水を吸わせたものだ。アズキはどこの家でも、田の畦《あぜ》とか庭先につくっていた。お祭りだ、節句だといって、よく赤飯を炊くからだ。それを買い集めて間《ま》に合った。

皮をこねるのはおかみさんの仕事であった。というのは、こね方にこつがあって、久蔵よりうまかったからだ。

まんじゅうの皮は、さっくりしゃもじで切るように混ぜる。あまり力を入れると小麦粉の粘りが出て、ふっくらせず、こちこちになってしまう。久蔵はうまくこしらえようと丁寧にこねるからか、あるいは力がありすぎるからか、いつも失敗してしまうのであった。とうとう久蔵はあきらめた。

「そうだよ、おまいさんは手を出さないでおくれ。」

「ちぇっ、おめえのを見てると、いいかげんで焦《じ》れってえ。」

「まんじゅうの皮はね、そのほうがいいんだってば。」

白い皮には白砂糖を入れるが、茶色のほうには黒砂糖を混ぜる、そうすると皮が茶色に染まるのであった。

問題はふくらし粉であるが、何を使ったのだろうか。現在の子育てまんじゅうは、白がイスパタ（イースト粉）で、茶色のは重曹《じゅうそう》でふくらましている。江戸時代にも重曹はあって、それを薬《くすり》まんじゅうといった。もう一つは酒《さか》まんじゅうで、甘酒をこして、その汁で小麦粉を練り、甘酒の麹菌《こうじ》でふくらますのであった。当時の子育てまんじゅうはどっちだったのだろうか。

耳たぶのやわらかさになると、小さなだんごにし、それを潰して薄く延ばした。それであんこの玉を包むのだが、真ん中へんを厚めに、ふちのほうを薄くする。それが慣れないと、どうしても反対になってふちが厚くなるから、まんじゅうの底で幾重《いくえ》にも重なり、厚い上にも厚くなってしまう。おまけにてっぺんが薄くなって、餡《あん》が透《す》けたり、弾《はじ》けて、餡が飛び出したりして、売り物にならないのであった。

餡はだいたい、〈みついち〉といって、皮が一なら、餡は三の分量にするのがまんじゅうの常識らしい。ちょっと餡を倹約すると、皮ばっかりの印象になる。

店先の、客の見えるところに一斗釜がおかれ、それに五段の蒸籠が乗った。一段に三十個並べることができた。まんじゅうは最初強火で、一気に蒸しあげなくてはいけない。それがこつであった。

「おうめ、火を強くしな。」

逃げ出さないよう、久蔵はしょっちゅうおうめに声をかけた。

ぷうっと甘い温かい湯気が、通りの方まで漂った。これも商いの手で、さっそく、

「ああ、うまそうなによい。ついふらっと寄っちまうよ。」

と客が引っかかった。すると、おうめは、

「へえ、あたいはこのによいにむかむかする。」

とおしんに向かって、顔をしかめてみせた。まんじゅうっ気にあてられるから、あたしゃ逃げ出すんだよといいたげであった。ねえちゃんはわがままだと、おしんは思った。うちはまんじゅう屋だのに、そのまんじゅうの匂いがむかむかするとは、なんというい草だろう。一度おとっつぁんも思いっきりぶちゃあいいんだと思った。

まったくしょうがないねえちゃんで、おとっつぁんが床板叩いて怒っても、次の日はけろっとして遊びに行ってしまうのであった。

「水くんでこい。」

といいつけられると、桶持って出ていったまま、夕方まで帰ってこない。だから使いになんか危なくって出せなかった。待ってても帰ってこないんだから、用が足せないのである。その分おしんに廻《まわ》ってくる。おしんは黙っていいつけられたことをしているが、おうめへの不平が、少しずつ胸の奥に積もっていった。

その日は忙しかった。

おとっつぁんは裏で薪《まき》を割っていた。だいたい、末吉屋では一日に二把《わ》の薪を使う。一ケ月分として六十把《ぱ》近く用意していたのに、心細くなっていたから。おっかさんは赤ん坊の東吉を背にくくりつけて、皮をこねていた。おしんはきのう煮た小豆を潰して、あんこの玉をつくっていた。おうめは火の番をしていた。

突然、竈《かまど》の前でけたたましく泣く声があがった。竈の中の薪がくずれ、火の番の着物の裾《すそ》に火がついて、めらめら燃えてきた。

「あっ。」

おっかさんが悲鳴をあげて駆けつけたが、それはおうめでなく、小さなおかじであった。おうめはおかじを座らせておいて、逃げ出していたのだ。おっかさんはおかじを土間に突き倒し、ごろごろ転がしたが、すでに足とあごに火ぶくれをつくっていた。

「おうめってやつは……、ふんとに。」

いつもおとなしいおっかさんの目が吊りあがっていた。

「もうゆるせねえ、おうめをしょっぴいて来い。」

久蔵は薪割りで土間を叩いたので、さすがのおしんも、ねえちゃんは殺されるかもしれないと、恐くなった。

おっかさんは泣き寝入りしたおかじの看病をおしんにいいつけると、おうめを探しに出ていった。

まう。

「あのばかやろう、どうするか見てやがれ。」

久蔵は、いもしないおうめに向かって、わめき続けていた。しかしさんざん罵《のの》しりながら、あしたの小豆を煮、小麦を挽《ひ》いて粉にしているうちに、怒りは収まっていくらしかった。いいつもそうであった。おうめが帰ってくるころは叱《しか》りくたびれて、初めの見幕《けんまく》はなくなってしまう。

くたびれた顔をして、おっかさんも帰ってきた。どこにもおうめがいないというのである。

「ちくしょう、かまわねえ、うちに入れるな。あんなやつ、帰《けえ》ってこなくていい。」

久蔵は寝てしまった。明日があるからだ。

おしんはひとり、暗い土間でおうめの帰るのを待っていた。こんどというこんどはがまんできない。ふんとはおとっつぁんがちゃんと叱りゃいいんだ。だらしがないんだから……。

あたいがいうことだけはいってやる。

かたん。かりこり、かり……、戸が軋《きし》みながら開く音がした。

「ねえちゃんだね、どこ行ってたのさ。」

「………」

「どこで遊んでたんだよう。」

暗い中でおしんの目がきらっと光った。おうめは一瞬たじろいだが、「ふん」と鼻を鳴らした。

「どこだっていいじゃないか。」

「そうはいかないよ。ねえちゃんはおかじにやけどさせたんだよ。いつも遊びにいっちまうなんてあんまりだよ。どういう了見《りょうけん》だよ。」

「おや、あたいに意見するの。どこに行こうとあたいの勝手だよ。おまいの知ったこっちゃないよ。うるさいね。」

うるさいといわれて、おしんはかっとなった。

「ねえちゃんなんか……、ねえちゃんなんか……」

胸がいっぱいになり、うまくいえず、焦《じ》りじりしてたが、余計《よけい》逆上してきて、おしんは体ごとおうめにぶつけていった。おうめはよけそこね、干してあった蒸籠の山に転げこんで、ひどい音を立てた。初めはふたりとも声を抑えていいあっていたのだが、それも忘れてしまった。

「やったね。」

おうめはおしんに飛びかかり、髪の毛をつかんで引きずりまわした。こうなると年が上だけにおうめの方が力があった。おしんはこね桶にぶつかったり、皿に手をついて割ったりした。どっちのだかわからないが、びりっと着物のどこかが綻《ほころ》びる音もした。おっかさんが起きてきて、引き分けようとしたが、ふたりはわあわあ泣きながらもみあいを止《や》めなかった。

いったい、おうめはどこに行ってたのだろうか。

市場《いちば》村の熊野神社の前に、芸人の一家があった。そこでは昼間から三味線の稽古《けいこ》や、義太《ぎだ》夫《ゆう》や、お祭りの余興《よきょう》の演《だ》しものにと、芝居の立ち廻《まわ》りの打ち合わせなどしていた。おうめは窓枠につかまって、のぞいていたのであった。殊《こと》に気に入ったのは、三味線であった。

「おまえ、そんなに三味線が好きか。どうだ、やってみるか。」

気紛《まぐ》れに太夫《たゆう》が呼びこんで、持たせてくれた。しかし三味線はおうめには長すぎた。胴《どう》を抱くと、竿《さお》の先が届かない。太夫が弾《ひ》くと二の糸、三の糸は軽やかに鳴り、一の糸も太い重い音で、ずーんと響くのに、ばちで糸を弾《はじ》くことさえ思うように行かなかった。

「あたりまえさ。三年はかかるさ。もう、おかえし。」

あきらめて返すかと思ったのに、おうめは目を据《す》えて、ばちで弾《はじ》こうとしていた。糸の調節はできないから、緩《ゆる》んだ音だったがばちのさばきは悪くないので、太夫のほうが根《こん》負けした。

「この子は筋がいい。あしたもおいで。」

という訳《わけ》だったのである。そして、実はきょうも、矢向《やこう》村へ義太夫を語りに行く太夫の後についで行ったのであった。

あまりのことに、久蔵もおっかさんも怒ることも忘れてしまった。こうなりゃ、おうめはあきらめるしかない。まんじゅうのほうは次女のおしんがいらあな。おしんは無口ではきはきしねえけんど、いいつけたことはやってるようだ。ちいっと陰気だが、まあ、長男の浜吉がも少し大きくなるまでのつなぎだ。

ところが、このおしんが意外に商売っ気《け》があることがわかった。

薪の炎の色や吹き出す湯気の具合で、まんじゅうの出来《でき》もいい当て、久蔵を驚かしたことがあったのである。

「へえ、いつおめえ、そんな才覚を……」

「はなからわかってたよ、おとっつぁん。」

「なんでだまってた。」

「だって、だれもあたいに聞かなかったじゃないか。」

「ちげえねえ。」

これはまんじゅうのことなら、おうめに負けないという自信からであったが、久蔵はうれしくなった。おうめは捨てたようなもんだけど、おしんが使いものになる。

「おとっつぁん。」

「なんだ。」

「この蒸し冷《ざ》ましは売らないほうがいいよ。」

おしんは箱に入れて並べてあるまんじゅうを指していった。

「なんだと。」

「いつもふかしたてを売るほうがいい。」

確かにまんじゅうは蒸籠から出し立てを、「あち、あち、あちち……」と、取り出して食べてもらうのが一番うまい。それが食べごろということであった。

だが、それがなかなか難しいところで、繁盛して客が次々来ると、待たせて蒸籠を下ろして渡せるが、一度客足が遠のくと、まんじゅうは箱に移したのを売らなくてはならない。

「もう一度蒸したらよかんべ。」

「あれ、二度蒸しはまずいよ。おとっつぁん」

「そ、そりゃそうだ。」

「だからさ、皮もいっぺんにこねないで、朝の分と、昼っからの分と二度にわけたらいいよ。客の顔見て蒸せばいい。」

「だがよ、客たあ辛抱《しんぼう》のねえもんだ。待たせりゃ帰っちまう。蒸してねえのでいいから、種をくれっていいやがる。家へ帰って蒸すからとさ。それじゃ商いにならねえ。」

「おしんのいうとおりだよ、おとっつぁん、一度やって見ようよ。」

おっかさんもいい出した。

「この蒸し冷ましはひっこめてさ。」

「ばか、大損《おおぞん》だ。」

「ふかしたてばかし売ってりゃ、評判とるよ。いっぺんに元《もと》もとれるさ。」

「そ、そうかね、ああ、もってえねえ。」

久蔵はびくびくとしたが、これが当たった。

あそこのまんじゅうは味がいいというので客がつき出した。売れた、売れた。一家は食事をする暇もないほどであった。

殊《こと》に花見のころは、とても一家ではさばけなかった。もう一つ一斗釜のへっついを築き、口入屋《くちいれや》に頼んで、まんじゅう職人を十人ほどよこしてもらったくらいであった。

末吉屋はおしんが継いだ。ところでおうめのほうだが、これも川崎のまんじゅう屋に嫁《とつ》いで行った。今では三味線などいじったこともないという顔をしている。

桔梗《ききょう》の群落

寺尾《てらお》村（横浜市鶴見区寺尾）の朝吉《あさきち》が、初めておとっつぁんの代わりに、桔梗根《ききょうね》を鶴見の薬屋、四郎左衛門《しろざえもん》のところへ届けたのは、十六歳のときであった。

桔梗の根には咳《せき》を沈める薬効があり、四郎左衛門はこれで〈苦楽丸《くらくがん》〉という煉《ね》り薬をつくっていた。たいそうよく効《き》くというので東海道筋の名物でもあった。

四郎左衛門は苦楽丸を寛永十八（一六四一）年に売り出したと、効能書《こうのうがき》に書いているが、本当は文化の末か、文政の初めだったのではないかと思われる。

寛政十一（一七九九）年に鶴見村の名主が代官所に提出した明細帳《めいさいちょう》には、四郎左衛門のところは、

「筆、墨、紙そのほか小商《こあきな》い仕り候」

となっていた。それが、文政十三（一八二七）年の明細帳では、

「痰煉薬《たんねりぐすり》、筆、墨、荒物《あらもの》……」

と書かれている。つまり寛永どころか、先代の四郎左衛門のいた寛政のころにだって、まだ

咳薬はつくられていなかったようだ。

実は息子の四郎左衛門の代になって、店の名を〈鶴居堂《かっきょどう》〉とつけた。正確にいうと、文化十（一八一二）年十一月十五日のことであった。つまり薬屋らしく体裁を整えたわけで、家伝の妙薬苦楽丸も、このとき初めて売り出されたのではなかったろうか。

その年の九月、四郎左衛門は村の連中五人連れで伊勢参宮に出かけた。帰ってきたのは十一月であったが、何と庭に鶴が四羽舞い降りているではないか。

「これは瑞兆《ずいちょう》だ。お伊勢様の御利益《ごりやく》にちがいない。」

というので、鶴居堂にしたのであった。

当時、庶民は一生に一度お伊勢さんにお詣《まい》りしたいという願いを持っていた。ふつうだったら、なかなか旅になど出ていけなかったが、信心ということになると、緩《ゆる》やかであった。

おまけに伊勢神宮の御師《おんし》（道者）の手代が村々に廻《まわ》ってきて、

「いっさいの面倒は見ます。泊まりも竜太夫《りゅうだゆう》の宿坊《しゅくぼう》が用意してあります。」

と、しきりにすすめるから、遊山《ゆさん》半分の参宮《さんぐう》熱がますます煽《あお》られることになった。竜太夫というのは、御師山田竜太夫のことで、鶴見辺りはこの人の縄張りになっていた。

四郎左衛門たちは講《こう》をつくって、伊勢行きの積み立てをしていた。正月の最初の寄り合いで、今年行く五人をくじで決めるのだが、その年、四郎左衛門が当たった。

だいたい伊勢詣りは、お詣りをして、太太神楽《だいだいかぐら》を見、お札《ふだ》を受けるだけだから、鶴見辺りから行けば、どんなにゆっくりでも二十日《はつか》くらいのものだ。それを二ケ月もかかっているのは帰り道、大坂（大阪）に出、ついでに四国に渡って金比羅《こんぴら》さんまで足を延ばしたからであった。

この旅は初めは四郎左衛門にとって、不運なものであった。一日目は何ごともなかったが、二日目茶店で飲んだ渋茶にむせて、咳《せ》きこんだ。どうした加減か、この咳きこみは伊勢に着くまで続いたのであった。もともと四郎左衛門は喉《のど》が弱かった。梅雨時分《じぶん》、それから秋口にはよくぜいぜいと、喘息《ぜんそく》のような咳を出した。今でいう湿気アレルギーである。

「よく旅に出りゃ、咳が止まるっていうのによ、おまえさんのは旅で咳が出はじめたじゃねえか。」

一緒に行った連中が呆《あき》れるくらい、昼となく夜となく咳きこんだ。昼はまだいい。夜なんかその度に起こされて睡眠不足になり、みんな四郎左衛門を持て余し気味であった。

「おまえさん、お伊勢さんの罰《ばち》があたったんでねえのけ。なんか心あたりはねえのけ。」

などといい出されるので、四郎左衛門にとっては面白くない旅であった。だからお詣りが済んだら、大坂に出るというみんなとわかれて、ひとりだけ帰ろうかと思ったくらいだ。

竜太夫の宿坊でのことであった。人数の加減で、四郎左衛門はひとりだけ別の部屋に寝ることになった。勘ぐれば仲間の苦情を聞いてやった御師がそういう配慮をしたのかも知れなかった。ところがたまたま合部屋《あいべや》だったのが金沢の薬屋で、見かねて咳の薬というのをくれた。

四郎左衛門は茶渋でまっ黒になった欠け茶碗の残り茶で飲もうとしたところ、

「くみ立ての水やなきゃ、効きまへん。」

と、薬屋は自分で立っていって、水をくんできてくれた。その薬がよく効いたのであった。

このとき、親切な薬屋はついでだといって、咳薬の調合を教えてくれた。

「桔梗《ききょう》の根を粉にしたのが四匁《もんめ》（一匁は三・七五グラム）南天《なんてん》の実の粉一匁、それに甘草《かんぞう》、こいつは唐《から》（中国）わたりや。薬を甘《あま》う、飲みやすうするため、入れますんや。オーバコ、ヤツデ、防風に……、それから樟脳《しょうのう》や。口中さわやかになりま。においもええ。これらをあわせて、白蜜で煉《ね》るのや。」

金沢の薬屋は、その辺に落ちていた反故紙《ほごし》の裏に書きながら教えてくれた。

「ほなら、破りま。こいつは秘伝や、よそ様に見られとうありまへんねん。」

四郎左衛門は目を閉じて、何度もぶつぶつくり返していたが、破るといわれて、急に不安になった。薬のことだから分量を違えたら大変なことになる。

「ちょ、ちょっと待っておくんなせえ。」

四郎左衛門はその紙を引ったくるようにして、もう一度処方を頭へ叩きこんだ。それから一行ずつちぎって、口に放りこみ、くちゃくちゃ噛んで、飲みこんでしまった。腹に収めておけば忘れっこないと思ったからだ。

つまりこれが苦楽丸であった。初めこの旅はついていないと思ったが、実はそうではなかった。咳きこんだため妙薬の処方を教わることができたのだから。ついてないどころか、一緒に行った連中のうちで、ただひとり、御利益を受けたといえよう。

「あのお方は……、もしかすっと大神宮様《だいじんぐうさま》のお使いじゃあるめえか。うん、そうにちがいねえ。そういや、後光《ごこう》がさしていた。」

四郎左衛門は後《のち》のち、家の者にもいっていたそうだ。とにかくこの薬は自分だけ飲んでいたんでは申しわけない。人様にもおわけしよう。咳で苦しむ人を助け、楽にして進ぜようと、その名も苦楽丸とした。そして店構《みせがま》えも雑貨屋から、おいおい薬屋らしくなっていったのである。

飯田九一《いいだくいち》著の『鶴見歴史散歩』には、

「軒《のき》に漆《うるし》ぬりの〈苦楽丸〉と刻《こく》した金看板をかかげ、どうどうたる店舗であった。」

とある。最初からこの看板があがっていたかどうかはわからないが、薬草を刻む包丁、それを粉にする石臼《うす》とか、薬研《やげん》、それから生薬《しょうやく》や、粉にしたものをしまっておく引き出しのたくさんついた百味箪笥《ひゃくみだんす》などはそろえたことだろう。

当時薬屋は少なかったので、かなり遠くから客が来たようだ。ふつう、薬屋は売り子を何人もおいて、行商して売るものだが……、たとえば富山の薬売りのように……。しかし四郎左衛門はそれをしなかった。あるいは人出《ひとで》の多い辻とか、お宮の境内などに出張《でば》っていって、居合《いあい》抜きやら口上《こうじょう》やらで人を寄せ、膏薬《こうやく》を売る薬屋もあったが、鶴居堂ではそれもしなかった。

「ほんとうにほしいお方は店に足をはこんでくださる。」

と四郎左衛門はいっていた。これも見識であった。しかしこんな消極的な商いで、東海道の名物になったというから不思議である。やはり薬そのものがよく効いたからであろう。

朝吉は、〈鶴居堂〉と書かれた油障子《あぶらしょうじ》を恐るおそる開けた。中は薄暗くて、しばらくは何も見えなかったが、目が慣れてくると、土間で薬草を刻んでいる人、薬研でごりごり粉にしている人たちがいるのがわかった。

細かい粉埃《ぼこり》が舞って、店の人たちは頭にも肩にもうっすら浴び、まるで水車小屋の粉挽《ひ》きみたいだと、朝吉は思った。

ときどき薬研が軋《きし》んで嫌な音がした。まだ慣れないからか、無器用だからか、金属のこすれる音がする。そのたびに朝吉は歯が浮いて顔をしかめた。すると、薬研を押していた人が顔をあげ、朝吉を見て、「あれっ」といった。

「朝ちゃん。」

初めて来た家《うち》で、気やすく朝ちゃんなどと呼ばれ、朝吉はどぎまぎしてしまった。それが娘だったのでなおさらだ。耳まで熱くなるのが自分でもわかった。

「あたいだってば……」

娘はかぶっていた手拭《てぬぐ》いを取ったが、朝吉はまだわからなかった。まつげまで粉埃で白くなっていたから。

「あたいだよ。わからないの、お、よ、し。」

「ああ、二本杉の……」

なるほど同じ村のおよしに違いない。いつも遊んでいた朋輩《ほうばい》の新造《しんぞう》の妹であった。すぐ脇に二本の杉が並んでいたから、村ではおよしの家を二本杉といっていた。

小さいころは泣き虫で、新造や朝吉はよくおよしをからかったものだ。また、すぐ泣いた。グミを採《と》りにいって、およしが夢中でもいでいると、悪童たちは目配《くば》せして隠れてしまう。するとおよしはもう泣き出す。グミの実をもぐ手を止《や》めず、せっせと口に入れながら泣くのにはあきれたが……。

「およしちゃん、どうしてここへ。」

「あれ、朝ちゃんとこのおとっつあんの世話で鶴居堂に奉公してるんじゃないか。」

へえ、そんなことがあったのか。おとっつあんは何もいわねえから……。そういえば新造も江戸の八百屋に奉公に出てしまった。ちょっと二本杉に行く用がなくなっていたもんだから消息がわからなかったのだ。

およしは寺尾のこと、遊び友だちの誰かれのこと、聞くことはいくらでもあった。夢中でしゃべっていると、奥から主人の四郎左衛門が出てきた。

「なんだね、そうぞうしい。」およしの声は奥まで通る。何、寺尾のが来た？　そうか、桔梗根だね、どら、見してみな。」

朝吉はあわてて背の荷を下ろした。背負《しょ》ったまんま話しこんでいたのであった。

桔梗の根は山牛蒡《ごぼう》のようにごつごつしていて、縦に細かい縮緬《ちりめん》じわが寄っていた。

「おっ、こいつも桔梗根かね。」

四郎左衛門は大ぶりのを摘《つま》みあげた。太くて、ひげ根がびっしりついていた。

「へえ、四、五年たつとこうなります。」

「朝鮮ニンジンといわれてもわからねえな。そうか、こういうのがまだあのへんにあったか。」

「へえ。」

「ま、たのみましたよ。」

用事が済んで外に出ると、およしが待っていた。明るいところで見ると、およしはちっとも変わっていなかった。グミの実のように血色《けっしょく》のいい頬もあのころのままだ。すぐ泣きべそをかく甘ったれのほうは、すこしは治っているんだろうか。いっぺんからかって、泣かしてみてえもんだ。

「何さ。」

「なんでもねえよ。」

「じゃ、なんで笑ったのさ。」

「なんでもありゃしねえって。おめえのちっちぇえときのこと思い出したからよ。」

朝吉は桔梗根掘りが、自分の性《しょう》に合ってると思っていた。たちまち桔梗がどういう格好の山の、どういう斜面に多いとか、どういう地形の草っ原に生《は》えているとかを覚えこんでしまったから。

朝吉は自分が薬草採《と》りに駆り立てられるのは、気ままな山歩きが楽しいからだと思いこんでいた。桔梗根さえ見つければ、それが鶴居堂の帳面につけられ、盆暮れには勘定《かんじょう》がもらえることもあったが……。本当は自分でもはっきり気がついていなかったが、一番大きな理由は、鶴居堂に行けばおよしがいるということではなかったろうか。山から山へと歩いて行きながら、いつの間にかおよしのことを考えているのであった。

朝吉の届ける桔梗根は、軽く土を洗い落とし、生干《なまぼ》しにしたものであった。鶴居堂ではその皮をむいて、中の白いところを干す。その皮むきがおよしの仕事であった。皮のコルク質は、日がたつと締まり、小刀で切り裂いて中を出さなくてはならない。

「朝ちゃん、あんた皮むいて、さらし桔梗にして持ってきたら？　そうしたらその手間も朝ちゃんのほうにつくよ。あたいがむいたって勘定にはなんないもの。」

朝吉はびっくりした。田舎娘の分別《ふんべつ》とは思えなかった。それにしてもかわいいことをいうじゃないか。

「うん、でもよ、粉にする分だけ、そのたびにむくんじゃないのけ。みんなむいちまったら薬になる成分がとんじまわ。」

「あっ。」

およしはふり向いて、恥ずかしそうにいった。

「あたいは薬屋に奉公しているのにだめだねえ。そんなことも気がつかなかったよう。そこいくとやっぱり朝ちゃんは頭がいい。」

朝吉はくすぐったくなった。およしの目はからかっているのでなく、真底そう思っている目だったから。そこでつい調子に乗っていってしまった。

「な、およしちゃん、おいら山ぎわの農家にたのんでよ。薬草あつめてもらって、そいつをおいらが買ってきちゃどうだろうね。」

「そりゃいいよ、朝ちゃん。ひとりで山ん中さがしたって、はかがいかないもんね。」

「そうか。そう思うか。およしちゃん。」

「朝ちゃんはいい商人《あきんど》になるよ。」

朝吉は胸がふくらんだ。まったくおよしはいい聞き手であった。

「ねえ、桔梗を掘ってくるばっかじゃなくて、苗みつけて畑に植えたらどうだろう。二、三年もたちゃ根がふとくなって、朝鮮人参《にんじん》みたいになる。朝ちゃんのかせぎも楽になるし、実《み》入《い》りもよくなるよ。」

「へえ、おめえ、頭がいいじゃねえか。こいつはおどろいた。おめえはいい商人《あきんど》のかみさんになれるよ。」

するとおよしはホオズキのようになった。朝吉はそれを見ると、初めて自分のいったことに気づき、少しあわてた。

「でもな、鶴居堂の旦那《だんな》がいってたけどな、仙薬《せんやく》てえのはふかい山ん中でとれたんじゃねえと効かねえって。だが、まてよ。桔梗はそんなふかい山ん中じゃねえ。ごくあさい山のとばっ口《くち》か草っ原に生えてるんだ。おめえ、いいこと教えてくれた。おいらさっそくやってみるよ、およしちゃん。」

鶴居堂は苦楽丸だけを扱うだけでは済まなくなっていた。風邪に効く万人《ばんにん》向きの葛根湯《かっこんとう》などの合わせ薬もおいたし、腸に効くゲンノショウコ、胃の薬のキハダ、センブリなどの生薬もおいた。それを採ってくるのも、もちろん朝吉の仕事になった。

ある日、土用干《どようぼ》しのゲンノショウコを持って、いつものように鶴居堂の油障子を開けると、その日に限って店はひっそりしていた。いつも働いている職人も見えなかった。薬研も臼も、包丁も出しっぱなしだから、あるいは川に薬草を洗いに出て、干す用意だろうか。

「なんだ、およしまで行くこたあねえだろう。いい話しようと思ったのによ。」

朝吉はきのう思いがけず末吉《すえよし》村の山の中で桔梗の群落《ぐんらく》を見つけたのだ。最初高みから木《こ》の間《ま》越しにちらっと青いものが見えた。あれ、あんなところに池があったろうか。いや、あれは池や沼なんかではない。

「花だ、花だ。野菊だろうか。いや、桔梗だ、桔梗だ。」

木の根につまずいたり、石に生爪《なまづめ》を剥《は》がしそうになりながら朝吉は転がり下りた。はたしてそれは桔梗の群落であった。ちょうど朝吉の腰《こし》の辺に紫色の花が続き、わけ入っていくと、一斉にさわさわ揺れた。

桔梗は夏咲くのだが、根を掘るのは、その花も終わり、葉もすがれた十一月ごろであった。だから花のとき覚えておいて、もう一度掘りに行く。これだけ掘りあげたら、大した実入りだ。朝吉はうれしくなった。

「およしのやつ、桔梗の花を知らねえといってたっけ。そんな馬鹿なことはねえのに。いっしょにあすんだ山ん中にだって咲いてたじゃねえか。いっくらこんな花だっていっても、わかんねえだと。へん、あいつはとぼけていやがるんだ。」

朝吉はそのとき、およしに桔梗の花を摘《つ》んできてやると約束したのだ。しかし一輪《りん》や二輪摘んでったってつまらないと思った。

「いっそおよしをここにつれてこよう。花ん中に立たせたら、あいつめ、なんというか。」

そう思ってきたのに、肝心《かんじん》のおよしいがいないとは。朝吉は勢いこんで来ただけにがっかりしてしまった。

そのとき奥から声がして、誰か出てきた。

「あ、およしちゃん。」

と呼びかけようとして、朝吉はその声を呑《の》みこんだ。およしの横にもう一人娘がいたからであった。ひと目でここの娘だとわかった。着てるものも、髪の形もおよしとはまるで違った。朝吉はしばらくぽかんとその娘のほの白い顔を見つめていた。こんな器量のいい娘が世の中にいたのかと、目が離せなかったのだ。

だいぶたって、およしが何ともいえない目つきでこっちを見ているのに気がつくと、朝吉ははっとした。

「ゲ、ゲンノショウコをとどけにきた。」

少し声がうわずったのが自分でわかり、かっと耳が熱くなった。すると訳《わけ》もなくおよしが憎らしくなった。恥をかかせられたような気になったからだ。

「朝ちゃんです、あたいと同じ村の人。」

およしは娘をふり返っていった。そしてお夏さんだと、朝吉に紹介した。お夏は朝吉を見ても何もいわなかった。つんと澄《す》ましていたが、大きな家の娘らしくて、朝吉はかえってひかれた。

ちょっとした隙《すき》を見つけて、朝吉は小声で桔梗の群落のあることをおよしに告げた。

「おめえ、いまからちょいと出られないけ。」

およしは朝吉をじっと見つめてから、首を横にふった。

「どうしてさ。」

朝吉は思わず声が大きくなった。

「だって、あたいは奉公人だよ。急にいわれたって出られないよ。」

「…………」

朝吉の不機嫌な様子に、およしはおろおろしてしまった。

「でも、でもさ、お夏さんさそって、そのお伴《とも》ということならお許しが出るかもしれないけんど。」

「…………」

朝吉は黙っていた。お夏が来れば、いつものように気楽にしゃべれず、窮屈《きゅうくつ》だという気持ちと、この美しい娘といっしょとは楽しくなるかもしれないと、あれこれ迷っていたからだ。

「朝ちゃんなら、お夏さんも気にいるよ。」

およしはお夏から目をはなさなかった朝吉をちらっと思い浮かべ、聞き取れないくらいの小さな声でいった。

「よけいなことをいうな。」

朝吉は思わず怒鳴った。およしの気の回し方がわかるから、それがまた癪《しゃく》にさわった。どうもお夏が姿を見せただけで、ふたりの気持ちはもうちぐはぐになった。

結局、お夏もいっしょに来ることになった。それしかおよしは出る方法はなかったから。

朝吉はむっつりしていた。あまり浮きうきすれば、またおよしが気を回すだろう。けれどもお夏がさっきと違う、青い弁慶格子《べんけいごうし》に着替え、陽《ひ》焼けしないよう手拭《てぬぐ》いをかぶって出てきたのを見ると、ぶすっとしているのが難しくなった。すらりとしたお夏に青い格子縞《こうしじま》は何としっくり似合っていることだろう。それをおよしに悟られないためにも、無理に恐い顔をつくっていなくてはならない。何でこうめんど臭いんだろう。

ところがいざ出かけようとしたとき、およしはおかみさんから用事を頼まれてしまった。およしは一瞬泣きそうな顔をしたが、すぐ何でもない顔に戻り、

「ふたりで行って。」

といった。何にもいわないで……と、朝吉に向かって目でいい、胸のところで手を合わせた。そんなおよしを見ると、朝吉はいじらしくなった。すぐいらいらして、およしに当たってしまう自分は、よほど人でなしだと嫌になった。

「およし、用事なんかいいよ。行こうよ。」

お夏は気ままな娘らしくいったが、およしは黙って首を振った。

「じゃ、用事すむまで待ってるよ。それともきょうはよそうか。」

お夏も朝吉とふたりだけで行く気はなかったのだ。

「そんなこといわないで、行ってください。ね、朝ちゃん、お夏さん気をつけてあげて。」

お夏も本心は桔梗が沼みたいに広がっていると聞いて、見たかったし、朝吉も正直いって、桔梗はおよしよりお夏に似あうかもしれないと思った。それもこの弁慶格子の着物のお夏に……。しかしなるべくそれを顔に出さないようにしていた。

結局お夏と朝吉が行くことになったが、行く道みち、ふたりは口を利《き》かなかった。朝吉の十歩ほど後にお夏がついて行き、源八横丁《げんぱちよこちょう》から寺尾道に入り、地蔵の辻で山にかかっても、その距離は縮まらなかった。

「暑いでしょう。」

朝吉が立ち止まってふり返ると、お夏もそこで立ち止まり、決して近づいて来なかった。山に入って、木の根を伝ってはいあがるところで、朝吉が引っぱりあげようと手を伸ばしたが、「いい」といわれた。

ところが、辺り一面の桔梗まで来ると、お夏は「あっ」と叫び、初めて駆け寄ってきた。そして桔梗の花を両手で掬《すく》うようにして、顔を近づけた。

「なんてきれいなの。これが桔梗なのね。」

お夏は少しかすれた声でいった。

桔梗には明日開くつぼみもあった。ふっくらふくらんでいて、指で潰すと、先がぽっと五つに割れた。お夏はそれが面白いらしく「豆煎《い》りみたいだ」とつぶやきながら、手近《ぢ》かのつぼみを潰していた。豆煎りとは、村でよくつくるひな菓子で、山芋《いも》を餅の中に搗《つ》きこんであられにすると、丸くかわいらしくふくらんだ。

白いうなじを伸ばして、つぼみにいたずらをしているお夏は、さっきまでのつんと澄ました感じがなくなり、子どもっぽくてかわいかった。

お夏は突然ふり向くと、この花を少し持って帰りたいといった。

「お店にさしたら明るくなるわ。むかし筆や墨をおいてたころは、とても明るかったのにこのごろ陰気くさいったらありゃしない。薬草のにおいがこもってるし……、少しいい？」

「いいですとも。」

少しなんていわず、これぜんぶお夏さんのものですといおうと思ったが、うまくいえそうにないので、朝吉は黙っていた。お夏はさっそく手を伸ばしたが、茎《くき》はしなやかで折れにくい。無理に引きちぎろうとするので、葉はむしり取れるし、花はめちゃくちゃにもまれて、これもちぎれそうになった。朝吉は見かねて一本折ると、お夏に持たせた。

「あとはどれをとりますか。」

「あれを……、あっ、あっちのがいい。まって、そっちがきれいかしら。」

お夏のいうままに折っていくと、たちまちひと抱えほどになってしまった。いつの間にか十歩ほどあったへだたりもなくなっていた。お夏はにっこり笑うと、

「いいところへつれてきてもらった。」

といった。朝吉はかっと胸が熱くなった。

けれども自分にいい聞かせた。お夏さんは違う世界に住む娘だ。おいらがとやかく考えるのは、身のほど知らずだ。でも、でも、お夏に心を奪われたのはどうしようもない本当のことだ。ふと、恨めしそうな目つきのおよしが頭の中に浮かんだが、朝吉は「ふん」と、鼻を鳴らした。およしだって！　べつに約束したわけじゃねえ。


このときから朝吉は変わってしまった。お夏の姿がいつも目の前に浮かんでくる。きのうまではおよしのことしか考えられなかったように。少し違うのは、考えているだけでは済まなくなっていたことだ。つまりお夏の姿を本当に見ないと、気持ちが収まらなくなっていた。用もないのに、鶴居堂の辺にふらふら出かけていった。

もちろんお夏に会う口実はなかった。そこで朝吉はおよしを呼び出した。

「なんだい、朝ちゃん、こないだはすまなかったね。」

およしはいそいそ出てきた。

「お夏さんがいっぱいとってきて生けてくれた。でもこの温気《うんき》でしんなりしてたけど。ね、朝ちゃん、あたいもつれてって、いまなら行けるよ。」

「い、いや、いまはだめだ。ちっとばかし用ありでね。」

「………」

「ね、お夏さん、何かいってたかい。」

朝吉はおよしの顔からお夏のことを探り出そうと見つめた。

「ううん、べつに。」

朝吉は肩を落とした。およしはそんな朝吉を恨めしそうに見あげた。お夏のことが知りたくて自分を呼び出したことを見破ったからだ。

「なんでえ、その目は。おめえ、おいらになんか文句あんのかよ。」

「………」

ふとそのとき、朝吉は大通りを出ていった娘を目の端で見た。どうもお夏らしかった。途端に朝吉は駆け出した。後ろでおよしが何か叫んでいたが、朝吉はふり返りもしなかった。

お夏には連れがあった。それも商人風の若い男と。大変だ。あいつは誰だろう。見え隠《がく》れについて行くと、お夏たちは源八横丁を折れ、寺尾道を行き、地蔵の辻から山へ入っていこうとするではないか。

「もしや桔梗の……。お夏はあいつをつれてく気だな。ゆるせねえ。」

朝吉はかっとなった。あのときお夏は十歩ほど朝吉からはなれていたのに、今ふたりは肩が触れそうに並んでいた。それぱかりではない。山道にかかると、お夏は甘えたそぶりで手を伸ばし、引っぱってもらっていた。朝吉はねたましさと悔しさで、「うっ」とうめいた。

「あんまりじゃねえか。」

朝吉は泣くまいと堪《こら》えるだけで精いっぱいであった。

朝吉がおよしの気持ちに思い及ばなかったように、お夏も朝吉の苦しさなど、まったく気づいていなかったのである。

少年少女たちはまだ、青春のとば口にいた。本当に金粉《きんぷん》の舞うような青春ははじまっていない。しかし早くも青春の楽しさとその裏側にある苦しさを知りはじめていた。

初版　あとがき

文化六（一八〇九）年に出版された本野素人《もとのそじん》作の草双紙『子生山利生記敵討鶴見郷《こいけさんりしょうきかたきうちつるみのさと》』には、鶴見八景の絵地図がのっております。

どんどん橋夕照《せきしょう》　経塚《きょうづか》の晴嵐《せいらん》　応神社帰帆《おうじんしゃきはん》　入道原秋月《しゅうげつ》
長堀《ながほり》の夜雨《やう》　天神谷暮雪《てんじんだにぼせつ》　観音《かんのん》堂晩鐘《ばんしょう》　芦久保落雁《あしくぼらくがん》

中国の瀟湘《しょうしょう》八景になぞらえ、琵琶湖には近江八景が、金沢（神奈川県）には金沢八景ができましたが、鶴見八景もその一つです。これは子育て観音を中心に選ばれたものですが、鶴見の人たちでさえ、どんどん橋がどこなのか、経塚《きょうづか》はどこにあったのかわからないそうです。その後次の八景が選ばれました。もう少し広い範囲にしたようで、これは鶴見神社の境内《けいだい》の碑《ひ》に残っています。

子生山晩鐘　成願寺《じょうがんじ》秋月　伊勢台《いせのだい》晴嵐　三軒家《さんげんや》暮雪
浜新田落雁《はましんでんらくがん》　鶴見橋夕照　渡守夜雨《わたしもりやう》　江口《えぐち》帰帆

ところで、明治二十二年、町村制実施を記念して、鶴見十二勝《しょう》を一般から募《つの》りました。

鶴見川の霞《かすみ》　鶴見川の海苔取《のりとり》　医王山《いおうさん》（成願寺）の三つ池　南台《みなみだい》の手枕坂《てまくらざか》
子生山の楓樹《ふうじゅ》　生麦社頭《なまむぎしゃとう》の駐輦《ちゅうれん》　生麦事件の旧跡《きゅうせき》　八幡《はちまん》山の月波
滝坂《たきさか》の松並木《まつなみき》　生麦浦の漁舟　白幡《しらはた》神社の松風　松陰寺の霊廟

時代による美意識の変遷、社会相などもわかりますね。この本の十二景が、右に拠《よ》るものでなく、話が十二あるのでつけたまでで、いわば筆者の勝手な心象《しんしょう》風景です。

これらの話を書くため、数えられないくらいたくさんの方がたのお世話になりました。森芳枝《もりよしえ》さんもそのお一人、『関口日記』を解読しているメンバーです。

「『関口日記』に染めの注文書がはさんであって、その模様の斬新《ざんしん》さや配色にびっくりしたわ。」

森さんのひと言から、私は紺屋《こうや》に取りつかれ、「紺屋のなべきょうだい」を書きました。

また、横浜の民俗研究家の中村亮雄《あきお》さん、鶴見の郷土史家の川瀬要次郎《ようじろう》さん、同じく郷土史家の伊藤実《みのる》さんに資料を頂戴したり、その場所に連れて行っていただきました。

「道祖神《どうそじん》を見にいきますが、いかがですか。」

などと電話をいただくと、欣喜雀躍《きんきじゃくやく》、雀もかくやとぱたぱたくっついていって、御三人の探訪ぶりを感心しながら拝見しました。素人で、まして他国人の私など、とうてい見ることのできない古文書や、旧家のお墓など、わきからこそこそのぞいて、ずいぶん恩恵にあずかりました。みなさん、話題も豊富でした。

「その犯人はたちまちつかまりました。目撃者がいたんです。だれだと思います?」

「……………」

「三歳の幼児でした。」

と、巧みな話術も、大いに参考にさせていただきました。この方々がいらっしゃらなければ、この書はなかったと思います。

本当にありがとうございました。

この作品は一九七九年十一月偕成社より『鶴見十二景』として刊行されたものである。

著者　**岩崎《いわさき》　京子《きょうこ》**

1922年、東京生まれ。短篇「さぎ」で日本児童文学者協会新人賞を受賞。『鯉のいる村』（新日本出版社）で野間児童文芸賞、芸術選奨文部大臣賞、『花咲か』（偕成社）で日本児童文学者協会賞を受賞。主な作品に『かさこじぞう』『ききみみずきん』（以上ポプラ社）、『十二支のはじまり』（教育画劇）、『けいたのボタン』（にっけん教育出版社）、『赤いくつ』（女子パウロ会）『一九四一　黄色い蝶』（くもん出版）『街道茶屋百年ばなし　熊の茶屋』『街道茶屋百年ばなし　元治元年のサーカス』（以上石風社）などがある。

装画　**田代《たしろ》　三善《さんぜん》**

1922年東京生まれ。日本美術家連盟、日本児童出版美術家連盟会員。主な作品に『龍の子太郎』（講談社）『太陽とつるぎの歌』（実業之日本社）『こしおれすずめ』（国土社、ボローニャ国際絵本原画展出品）、ＮＨＫテレビ文学館『雪国』他、『久留米がすりのうた』『音吉少年漂流記』（以上旺文社）、『おばけ』（佼成出版社）、『東海道鶴見村』『海と十字架』（以上偕成社）、『ぼくのとうきょうえきたんけん』『源義経』（以上小峰書店）、『道元禅師物語』（金の星社）などがある。

街道茶屋百年ばなし　子育てまんじゅう

二〇〇五年三月十五日初版第一刷発行

著　者　岩崎京子

発行者　福元満治

発行所　石風社

福岡市中央区渡辺通二―三―二四　〒810-0004

電　話　〇九二（七一四）四八三八

ファクス　〇九二（七二五）三四四〇

印　刷　正光印刷株式会社

製　本　篠原製本株式会社